藏書

珍藏版

# 論語

于立文 主編

陆

辽海出版社

# 目　录

**各言尔志** ………………………………… （1）

　　孔子学琴感同身受 ………………………… （2）

　　召信臣一心为民兴利 ……………………… （4）

　　诸葛亮坚持勤俭廉政 ……………………… （8）

　　胡质做官追求清廉 ………………………… （14）

　　成吉思汗一代天骄 ………………………… （19）

**居敬而行简** ……………………………… （24）

　　朱元璋称帝不忘节俭 ……………………… （26）

　　王翱当官一身廉洁奉公 …………………… （34）

戚继光治军不徇私情 …………………… (40)
　　戚继光牢记父训不虚荣 …………………… (47)
**不迁怒，不贰过** …………………… (48)
　　汉武帝执法不徇私情 …………………… (50)
　　霍去病拒受御赐豪宅 …………………… (55)
　　第五伦为官克己奉公 …………………… (61)
　　霍光一心为公勤辅政 …………………… (67)
　　万斯同闭门思过苦读 …………………… (71)
**三月不违仁** …………………… (73)
　　亘古第一忠臣比干 …………………… (75)
　　于谦甩袖管两袖清风 …………………… (80)
　　姜诗夫妇孝行感天动地 …………………… (81)
　　赵孝兄弟的手足之情 …………………… (89)
　　王祥孝悌德行义薄云天 …………………… (95)
**善为我辞** …………………… (104)
　　辅助两代周王的周公 …………………… (106)
　　子罕拒宝品德高尚 …………………… (113)
　　孝庄文皇后公而忘私 …………………… (114)
　　王鼎一心为民排忧解难 …………………… (119)

左宗棠为国身先士卒……………………………（123）

**一箪食，一瓢饮**……………………………………（127）
　　统军治国能手姜子牙……………………………（129）
　　孔子学生颜回好学………………………………（135）
　　朱元璋以礼求访人才……………………………（136）
　　杨士奇处世谦恭礼让……………………………（142）
　　柳敬亭谦恭尊师言………………………………（150）

**为君子儒，无为小人儒**……………………………（156）
　　春秋第一相管仲…………………………………（158）
　　齐景公虚心纳谏…………………………………（163）
　　6岁称象的神童曹冲……………………………（165）
　　张英让墙三尺传美名……………………………（170）
　　杨露禅千里拜恩师………………………………（174）

**出不由户**……………………………………………（181）
　　治国经商干才范蠡………………………………（183）
　　宰相的典范子产…………………………………（187）
　　文彦博识人辨人品………………………………（191）
　　弘扬儒学的大师朱熹……………………………（192）
　　陆九渊的自我道德修养…………………………（201）

## 质胜文则野 …………………………………（208）
### 孔子师徒要马 …………………………（209）
### 李沆行事光明磊落 ……………………（215）
### 晏殊的诚实与正直 ……………………（221）

## 知者乐水，仁者乐山 ……………………（226）
### 千古一相李斯 …………………………（228）
### 变法革新的商鞅 ………………………（233）
### 西门豹做邺县令治恶 …………………（238）
### 18岁做《铜雀台赋》 …………………（239）
### 胡光墉经商先义后利 …………………（242）
### 游福明以信义立天地 …………………（250）

## 博学于文，约之以礼 ……………………（256）
### 济世救人贤相萧何 ……………………（258）
### 轻徭薄赋的霍光 ………………………（266）
### 宋代理学之祖周敦颐 …………………（270）

# 各言尔志

颜渊、季路侍①，子曰："盍②各言尔志？"

子路曰："愿车马、衣轻裘，与朋友共，敝之而无憾。"颜渊曰："愿无伐③善、无施劳④。"

子路曰："愿闻子之志。"子曰："老者安之，朋友信之，少者怀之⑤。"

【注释】

①侍：服侍，站在旁边陪着尊贵者叫侍。

②盍：何不。

③伐：夸耀。

④施劳：施，表白。劳，功劳。

⑤少者怀之：让少者怀念我。

 论语

**【解释】**

颜渊、季路两个人侍立在孔子身边。孔子说:"何不各自说说你们自己的志向?"

子路说:"我愿意把我的车、马和衣服与朋友共同使用,即使用破旧了,我也不抱怨。"颜渊说:"我不夸耀自己的优点和才干,不张扬自己的功劳和业绩。"

子路对孔子说:"很想听听老师您的志向。"

孔子说:"我的志向是让年老的安心,让朋友们信任我,让年轻的弟子们怀念我。"

**【故事】**

## 孔子学琴感同身受

孔子酷爱音乐,很喜欢弹琴,他曾向当时很有名的乐师师襄学习弹琴。开始学琴时,一连十几天

总是反复弹拨同一支琴曲。师襄见他弹得已经十分娴熟了，就对他说："你可以换一支曲子进一步练习了。"

孔子却回答说："我只学会了乐曲的表面形式，对节奏内容还不了解。"于是又继续练习了。又过些天，师襄倾听琴音，感到孔子已经领会了乐曲的意境。可以学习更复杂一些的乐曲了。

孔子微微摇摇头说："我虽然体会了乐曲的意境，但作曲的是个什么样的人，还没体会出来。"又弹了一些时间，孔子轻轻地放下琴，站起来望着窗外若有所思。

师襄问他有什么体会，孔子说："我倾听着琴音，我似乎看到了一位个子高高的，目光远大，慈爱安详的长者。这不是周文王又是谁呢？"师襄深为敬佩，离开坐席连行两次拜礼，赞叹地说，对对对，我听我的老师说过，此曲就叫《文王操》。

## 召信臣一心为民兴利

西汉时期由于实行与民休息的基本国策,因此能否为百姓谋福利,被认为是判定一个官员是否合格的重要标志之一。召信臣继承勤俭廉政传统,为官励精图治,为民兴利,堪称一个合格的父母官,赢得了时人和后世的赞誉。

召信臣,因明经甲科出身任职郎中,补授谷阳长。后因官吏的考绩优等,升迁为上蔡长。他为官视民如子,所到之处都为民众称颂。后越级提拔为零陵太守,又因才调任南阳太守。

召信臣任南阳太守时,正是西汉王朝由极盛开始衰败的时期。南阳与其他地方一样,旧的风俗盛行,腐败的社会风气使南阳社会秩序混乱,盗贼横行,百姓苦不堪言。

在当时,南阳民间遇到红白喜事都要大操大办,破费巨大,弄得百姓叫苦不迭。许多人家因嫁女娶媳生老病终而花费大量钱财,从而数年不得翻身。有的只图一时好看而忍痛借高利贷,最终家庭破败。

召信臣深知陋俗的危害,下决心改变这股恶习。他一面大力倡导勤俭节约、量力而行,一面下令禁止婚丧嫁娶时铺张浪费。从此以后,南阳风俗大变。

南阳地区地主势力很大,攀比之风更盛,豪富们与府县官吏、游手好闲的纨绔子弟相互勾结,依仗权势,推波助澜,鱼肉乡里。

召信臣对南阳的地主势力非常反感,曾对他们多有规劝,晓以利害,并根据实际情况采取不同的处置

办法。对游手好闲的责令痛改前非，对已经当官的罢黜不用，对违法乱纪的则绳之以法，严厉打击了地方恶势力。一时间，南阳社会安定，盗贼狱讼之事罕见，郡中之人莫不努力耕稼农田。

召信臣为人勤奋努力，有办法有谋略，喜欢替老百姓兴办有益的事，一心要使他们富足。他亲自鼓励百姓从事农业生产，在田间小路出入，停留和住宿都不在乡里的亭台馆舍中，很少有安闲地休息的时候。

他巡视郡中的水流泉源，开通沟渠，修筑水闸和防水的堤坝总共几十处。先后修成六门堰、钳卢陂等著名水利工程，溉田多至20万公顷，南阳遂成为与关中郑国渠、成都都江堰齐名的全国三大灌区。百姓得到了水利工程带来的好处，有了多余的粮食来贮藏。

他为百姓制定了均衡分配水源的规定，刻在石碑上竖立在田边，以防止争斗。

府县官吏家中子弟喜欢闲游，不把耕田劳作当重要的事看待，他就斥责罢免他们，严重的还要追究他们，用行为不法的罪名处治他们，用这种做法显示他崇尚劳动厌弃懒惰。

召信臣管治的地方教化得以广泛推行，郡中的人没有谁不尽力从事农业生产，百姓归依他，住户人口成倍增长，盗贼和诉讼案件减少以至于停息。

召信臣千方百计除奢靡之风，倡导勤劳节俭，深受百姓欢迎，百姓都称他为"召父"。为纪念这位"召父"，南阳吏民为他立祠造庙，世世祭祀不绝。

当时南阳郡归属荆州刺史部，荆州刺史曾经上报召信臣替百姓做好事，他管辖的郡因此充实富足。皇帝赏赐召信臣黄金40斤，又迁召信臣为河南太守。召信臣一如既往，治行考核常常都是第一等。

汉元帝最后一年，召信臣升任少府。他坚持勤俭治国节约开支。任职不久，奏请压缩土木工程，一些皇帝很少光顾的宫馆，停止修葺和铺张陈设。又奏请取消由宦官组成的皇家乐队，提议将供给宫馆卫队的物品削减一半。这样，在一定程度上限制了腐化风气的发展。

召信臣任少府以前，太官园中就已经种植冬天生长的葱、韭等蔬菜。这些植物种在暖房中，白天夜晚

都要燃烧没有光焰的火,植物也要等达到一定的温度时才能生长。这样的温室耗资可想而知。

召信臣任少府后,认为这些设施劳民伤财,应该取消。于是,他提出这些都是不合季节的东西,对人体有害,不适合用来供奉给皇上,就奏请皇帝免除这一切。仅这一项,每年节约开支数千万钱。

《汉书》中,两次将召信臣列为西汉"治民"的名臣之一,可见在当时召信臣也已声名卓著。后世人认为,召信臣对南阳的贡献,足以和修都江堰的李冰对四川、开"漳河十二渠"的西门豹对邺县的贡献相媲美。

## 诸葛亮坚持勤俭廉政

诸葛亮的形象在世人眼中,除了神机妙算的军事才能外,洁身自好,忠君、爱国、为民等这些中华民族优秀的品质,在他身上都能找到许多事例。他一生勤于政事，爱护百姓，廉洁奉公。其精髓就是勤俭廉政，令世人感怀至深。

诸葛亮，三国时期的蜀汉丞相，是杰出的政治家和军事家。青少年时期历经忧患苦难，亲身参加农业劳动，这就使他具有平民的特质。后来登上相位，仍然自称是"东方下士"、"一介布衣"，在他身上没有什么特权思想。

诸葛亮十分赞赏春秋时期楚国廉吏孙叔敖的节俭作风，特地发布"教令"，以孙叔敖事迹律己励人，既以身作则，也号召部属向孙叔敖学习，养成节俭之风。

诸葛亮在平定南中诸郡的叛乱中，为了减轻人民的负担，节约朝廷的开支，他两天只吃一天的饭，"深入不毛，并日而食"，其艰苦程度可想而知。诸葛

亮从不贪污受贿，这是古今所公认的。

他的家里没有存款，妻子黄氏连像样的换洗衣服也没有，其清贫可见一斑。

诸葛亮在《自表后主》一文中曾经自报家产说道：

> 今成都有桑八百株，薄田十五顷，子弟衣食，自有余饶。至于臣在外任，无别调度，随身衣食，悉仰于官，不别治生，以长尺寸。若臣死之日，不使内有余帛，外有盈财，以负陛下。

这是诸葛亮的一份家庭财产申报单。

"桑八百株，薄田十五顷"，按照汉代和三国时期的官俸制度，15顷薄地，这在当时地广人稀的四川，实在不算多；"子弟衣食，自有余饶"，当指诸葛亮的家人在妻子黄氏带领下从事种植和蚕桑等农事活动，可保温饱无虞。至于自己的衣食起居，自然靠官俸维持；"不别治生，以长尺寸"，这显然指俸禄之外，没有别的生计,不搞经营,也不依靠别的收入发财致富。

尽管诸葛亮的合法收入在当时本该是很高的,但他"内无余帛,外无盈财"。这是诸葛亮毕生追求和实践的清正廉洁的理想境界。

诸葛亮廉洁自律,在蜀国官吏中起到了积极作用。史载他任用的官员,大多勤于政事,廉洁自律。

例如,大将军录尚书事费祎"家不识财,儿子毕布衣素食,出入无从骑,无异凡人";名将姜维"据上将之重,外群臣之右","宅舍弊薄,资财无余";邓芝生活俭朴,家无私产,连妻子也"不免饥寒",死时也"家无余财"。

诸葛亮治家也以节俭为宗旨。他在《诫子书》中告诫儿子,"静以修身,俭以养德",淡泊明志,宁静致远,学以广才,励精治性,珍惜光阴,务求"接世"。严格的家教,使得诸葛一家,上至夫人,下及子孙,满门英烈,世代忠良。

诸葛亮深知,倡行勤俭廉政,如果没有法律制度的严格监督,则贪污渎职,"作奸犯科"之人将难以

受到制裁，而廉洁奉公勤恳负责之人，反而会湮没不彰，甚至受到排挤打击。因此，必须厉行法制赏功罚过，以树立严明公正的政风。为此，诸葛亮主张加强教化，实行以法治国。

诸葛亮十分重视教化，注重宣传教化的风气，有悖于法令的话不说，触犯法制的事不做。同时，要求各级执法官吏必须以身作则，然后才能"正己教人"。

为了搞好勤俭廉政，诸葛亮对各级官员提出了严格的要求，做"八务、七戒、六恐、五惧，皆有条章，以训厉臣子"。

所谓"八务"，即要求各级官吏在做好本职工作时必须完成的8项任务；至于"七戒"、"六恐"、"五惧"，显然是对足以引起人们应戒、应恐、应惧的各种情况提出警告，以免违法乱纪。

当教化无效时，诸葛亮就认为必须无党无偏，依法究办，特别坚持"刑不择贵"、"诛罚不避亲戚"的原则，通过法制本身的严肃性、公正性，来教育广大臣民。

诸葛亮以"法不阿近"影响军内外。他在一出祁山时，因马谡失掉街亭而挥泪斩之，并写了《街亭自贬疏》。这就是一个鲜明的例子。

诸葛亮的勤俭廉政思想，其主旨是以"安民"为根本，以勤劳任职、廉洁爱民为要务，以法令为制衡，从而达到民富国强的目的。

诸葛亮病危时，要求把他的遗体安葬在汉中定军山，丧葬力求节俭，依山造坟。他在遗嘱中说："冢足容棺，殓以时服，不须器物。"意思是墓穴切不可求大，只要能容纳下一口棺木即可；入殓时，只穿平时便服，不放任何陪葬品。

这简短的3句话，是诸葛亮廉洁自律、高风亮节的具体体现，其至真至诚，惊世骇俗，感人寰，泣鬼神，成为千古之典范。

诸葛亮的智慧、作为、人品、治国方略、理民之干和军事才华，构成了那个时代伟人的真身。他以实际行动验证了自己"鞠躬尽瘁，死而后已"的诺言，在当时就受到了敌我友各方的肯定。如他的老对手司马懿曾赞叹说："天下奇才也！"

诸葛亮勤俭廉政，励精图治，他的风范被当作民族精神而一代一代传承,历朝历代都把诸葛亮作为智慧的化身、精神的楷模。

## 胡质做官追求清廉

胡质,曹魏时期官员。他为人正直善良,执政廉洁清白,为世人所称道。

胡质年轻时就在江淮之间闻名,在州郡任职。后来被举荐给曹操,曹操于是任胡质为河南濮阳顿丘令。后来历任丞相东曹令史,扬州治中。胡质任扬州治中时,将军张辽与其护军武周有矛盾,就请胡质出任幕僚,胡质以病推托。

张辽对胡质说:"我有心任你做官,你为什么辜负我的厚意呢?"

胡质说："古人相交，看他索取很多，但仍相信不贪；看他临阵脱逃而仍相信他不怯，听说流言而不为所动，这样交情才可以长久啊！武周身为雅洁之士，以前您对他赞不绝口，而今只为一点小事，就酿成矛盾。何况我胡质才能浅薄，怎么能始终得到您的信任呢？因此我不愿意就职。"

张辽很受感动，与武周重归于好。

曹操听说了这件事，认为胡质为人正直善良，就召任他为丞相长史。

黄初年间，胡质转任吏部郎、常山太守，后迁任东莞太守。在东莞期间，他秉公办案，明察暗访，曾使东莞士人卢显被杀一案水落石出，人们交口称赞，说他是个清官。

胡质每得到赏赐，都分给众人，从不收藏家中。在东莞郡任职9年，吏民安居乐业，将士恭敬从命。胡质任荆州刺史时，他的儿子胡威从京都来看望他。由于家境清贫，没有车马和童仆，胡威只得独自赶着毛驴前来探望父亲。

胡质父子在荆州相聚了10余天后，儿子胡威要

返回京都了。临别时胡质拿出一匹细绢,送给儿子以作为归途中的盘缠。

胡威见到这匹细绢,竟然大吃一惊,忙向父亲跪下,不解地问道:"父亲大人,您一向廉洁清白,不知是从哪儿得到这匹细绢?"

胡质深知儿子的心意,高兴而又坦然地笑着对儿子说:"孩子有所不知,这不是赃物贿品,而是我从薪俸中节省下来的,所以用来给你做路上的盘缠。"

胡威听父亲这么一说,才伸手接过细绢,告辞了父亲。胡威独自赶着毛驴踏上了归途。一路上,他每到客栈,都是自己放驴、劈柴煮饭,从不雇用别人。同住客栈的人得知他是荆州刺史胡质之子后,无不惊讶,又无不钦佩。

3天后,一位自称去往京都的人,提出与胡威同行。此人谈笑风生,为人慷慨大方,自和胡威同行之后,百般殷勤地照料着胡威。他不仅处处帮着胡威筹划出主意,有时还请胡威吃喝。

这样一连几天,胡威心中暗暗地纳闷了。心想,此人看来心眼并不坏,但他与我素不相识,为什么对我一见如故，又如此百般殷勤呢？胡威对他的行为产生了怀疑。

原来，此人是胡质属下的一个都督，早就有意想巴结讨好胡质，但听说胡质为人正派清廉，最不喜欢溜须拍马的人，所以一直没找到合适的理由和时机。这次，他听说胡质的儿子要独自回京都，自认为是个献殷勤的大好机会，于是他探听得胡威启程的日子，就提前以请假回家为理由，提前做好了准备，暗中带着衣食之物，在百里外的地方等着胡威，以便同他结伴而行。所以，他等到胡威后，才有这一番表现。

胡威在多次与那人悄悄的谈心中，终于得知了真情。于是，胡威立即从自己的行包中取出了父亲送给他的那匹细绢，递给这位都督，以此偿还他一路花销的费用和情意。这位都督拒绝不收。

胡威说："我父亲的为人，你应该是知道的。他为人正直，执政廉洁，从不接受别人馈赠，我做儿子的如果仗着他的权势占别人的便宜，就等于在这匹白绢上面泼上了污水，岂不大错特错了吗？"

那都督看到胡威态度如此坚决，只好十分尴尬地

拿着那匹白绢和胡威道别了。后来有人把这件事详细地告诉了胡质，胡质责打都督100杖，除去了他的吏名。

胡质后来升迁为征东将军，奉令统督青州、徐州军事。他在任上广开农田积蓄粮谷，有多年的储备，还设置东征台，一边耕作一边守备，又在各郡中修通渠道，以便舟船通行，严加设防以对付敌人来犯。沿海地区因此没有战事。

胡质性情深沉，心中对事情明察秋毫，不以表面现象判断事物，能够深加思索，从不以自己的标准去衡量他人，因此得到他人的爱戴。他去世时，家里没有什么财产，只有皇帝所赐衣物和书橱。

胡质手下的人把这些情况报告给了朝廷，朝廷追封胡质为"阳陵亭侯"，食邑百户，谥号"贞侯"。并由其子胡威继承爵位。再后来，朝廷再次下诏书大加赞扬胡质清正节俭的行为，赐给他们家钱财和粮食。

胡质的品行和事迹被载入史册。《三国志》说他是"国之良臣"，《晋书》说他"以忠清著称"，《馆陶县志》说他"性沉实内察,然不苟求群下,故为所在称誉"。

## 成吉思汗一代天骄

1162年,蒙古乞颜部酋长也速该的帐蓬里生下一个男孩,也速该以"铁木真"的名字赐给这个头生子。铁木真在蒙语里是"精钢"的意思,也速该用这个名字来表明对儿子的厚望。

在铁木真9岁那年,也速该被塔塔尔人下毒药毒死。铁木真的弟弟妹妹年龄很小,他们家既缺乏牲畜,也缺少劳动力,生活十分艰苦。幸亏他的母亲很能干,勉强维持生活。

泰赤乌的首领担心铁木真长大后东山再起,

于是，他们对铁木真家的住地进行了一次突然袭击。捉去铁木真，套上木枷到处示众。铁木真逃走后，为了防止再遭袭击，他把全家迁到肯特山去居住。

几年后，铁木真和孛儿帖结了婚，以便取得翁吉剌部的支持。可是婚后不久，蔑儿乞惕部落突然袭击了铁木真的营帐。在战乱中，铁木真虽然逃了出来，但他的妻子孛儿帖却被蔑儿乞惕部落的人掳走。

艰辛的生活，接连的打击，不仅没使铁木真灰心丧志，反而更增强了他的复仇决心。铁木真的父亲也速该生前和克烈部的首领王罕脱斡里勒汗是结义兄弟。为了争取王罕支持，铁木真忍痛把妻子孛儿帖当初带来的嫁妆黑貂裘献给王罕，并称他为义父。孛儿帖遭俘后，铁木真请求王罕出兵，王罕欣然同意。

铁木真召集过去属于自己家族的部众，又约了自己的"安答"，蒙古札答剌氏族首领札木合，三方联军，突袭蔑儿乞惕部。蔑儿乞惕部大败，铁木真夺回了孛儿帖，壮大了自己的力量。

没有多久，札木合的弟弟由于抢掠铁木真的马群被蒙古部人杀了，札木合以此为借口，纠集他所属的

13部共3万人向铁木真发起进攻。铁木真也把自己的3万士兵分成13翼迎战札木合。

双方在克鲁伦河畔的答兰巴勒主惕展开了一场大战。这就是蒙古族历史上著名的"十三翼之战"。铁木真在这场战役中失败了。

1201年,铁木真和王罕联合,击败了札木合部。第二年,铁木真又全歼了残余的塔塔尔人,此外,弘吉拉等部又前来归顺。这样,蒙古草原东部的各部都已统一归并于铁木真的麾下。

铁木真的势力不断扩大,使王罕脱斡里勒感到威胁,王罕和铁木真的关系开始恶化。王罕纠结札木合联合向铁木真发动突然袭击。铁木真失利,他退到班朱泥河沼泽地停了下来。后来,铁木真派兵暗暗包围了王罕的驻地,然后突然发起进攻。经过三天三夜激战,占领了王罕的金帐,完全消灭了克烈部,王罕逃到鄂尔浑河畔,后被乃蛮人杀死。

强大的克烈部被消灭以后,蒙古草原上唯一还有力量与铁木真抗衡的,是西边的乃蛮部。1204年夏天,铁木真灭掉了乃蛮部,蒙古草原上再也没有可与

他争锋较量敌手,铁木真威名震动了蒙古草原。后来,蔑儿乞人的首领逃走了;汪古部主动前来归附;札木合也被他的部下绑了送交铁木真,最后被铁木真处死。

这样,铁木真完成了统一蒙古的大业。

1206年,全蒙古的贵族和功臣们在鄂嫩河畔举行忽里勒台,也就是大聚会,大家一致推举铁木真为全蒙古的大汗,并且上尊号为"成吉思汗"。成吉思汗,是蒙古语"强大"的意思。

这一年,铁木真44岁。

成吉思汗成为蒙古的大汗,标志着蒙古族的历史进入了一个新阶段。在东起呼伦贝尔草原,西至阿尔泰山的辽阔地域内,操着不同语言和具有不同文化水平的各个部落,逐步形成了勤劳勇敢的蒙古民族。

成吉思汗统一蒙古以后,建立了第一个蒙古国政权。他在军队建设、军事行动,以及文化和文法方面,采取了强有力的措施。

成吉思汗对于军队建设,可谓不遗余力。他在原"千户军"基础上整编蒙古军,把全体蒙古牧民编为

10户、100户、1000户和1万户，任命大大小小奴隶主为"十户长"、"百户长"、"千户长"和"万户长"。

成吉思汗还扩充了一支由他亲自指挥的1万人的护卫军，这支军队从人员的挑选、武器的配备到战术的训练等各方面都是非常严格的。

成吉思汗在1205年至1209年间3次洗劫西夏，迫使对方请和，并答应每年向蒙古纳贡。

1219年秋，成吉思汗亲自率领20万军队进攻花刺子模。在后来的1235年和1252年，成吉思汗的子孙又发动了第二次和第三次西征，横跨欧亚，建立了"大蒙帝国"。

成吉思汗还颁布了文法。在蒙古社会中，大汗、合罕是最高统治者，享有至高无上的权威，大汗的言论、命令就是法律，成吉思汗颁布的"大札撒"记录的就是成吉思汗的命令。成吉思汗的"训言"，也被称为"大法令"。

1206年成吉思汗建国时，命令失吉忽秃忽着手制订青册，这是蒙古族正式颁布成文法的开端。

论语

1227年年8月25日,成吉思汗在远征西夏的途中,在清水县西江去世,终年66岁。

成吉思汗死后实行了"密葬",所以真正的成吉思汗陵究竟在何处始终是个谜。坐落在鄂尔多斯市伊金霍洛旗甘德利草原上的成吉思汗陵是一座衣冠冢。

# 居敬而行简

子曰:"十室之邑,必有忠信如丘者焉,不如丘之好学也。"

子曰:"雍①也可使南面。"

仲弓问子桑伯子②。子曰:"可也,简③。"仲弓曰:"居敬④而行简⑤,以临⑥其民,不亦可乎?居简而行简,无乃⑦大⑧简乎?"子曰:"雍之言然。"

【注释】

①雍：孔子的学生，名冉雍，字仲了。

②子桑伯子：人名。

③简：简要，不烦琐。

④居敬：做事心存恭敬。

⑤行简：指推行政事简而不繁。

⑥临：面临、面对。此处有"治理"的意思。

⑦无乃：岂不是。

⑧大：同"太"。

【解释】

孔子说："假如只有十户人家的小村子，也一定有像我一样讲忠信的人，只是不如我那样好学罢了。"

孔子说："冉雍这个人，可以让他去做官。"

仲弓问孔子：子桑伯子这个人怎么样。孔子说："此人还可以，办事简要而不烦琐。"仲弓说："居心恭敬严肃而行事简要，像这样来治理百姓，不是也可以吗？自己马马虎虎，又以简要的方法办事，这岂不是太简单了吗？"孔子说："冉雍，这话你说得对。"

 论 语

【故事】

## 朱元璋称帝不忘节俭

克己奉公思想发展至明代，明代初期朝廷逐渐具有了先进的执政理念，将节俭作为"克己"的行为准则。而大明王朝的建立者朱元璋与一般封建帝王不同之处，就在于他讲究节俭。

朱元璋出身于农家，放过牛，种过田，做过和尚，要过饭。在民间渡过24年颠沛流离、饥寒交迫的生活。投奔红巾军后，凭着自己的战功，从小亲兵一步步上升为控制半壁江山的吴王，在战场上度

过了16年出生入死的戎马生活，最后建立了明王朝。曲折艰难的经历，使他更加懂得节俭的重要。

朱元璋不喜欢饮酒，大明王朝建立后，他多次发布限制酿酒的命令。他更不爱奢华，在营造宫殿时，工程设计者送来图样，他把雕琢考究的部分都去掉。

朱元璋曾经对中书省官员们说："宫殿只要坚固就行了，何必过分华丽。当初尧住的是十分简陋的茅屋土阶，却是历史上有名的好帝王。后世竞相奢侈，宫殿里有无穷无尽的享乐，欲心一纵，就不可遏止，于是祸乱就产生了。假使做皇帝的能节俭，下面的臣子就不会奢侈。要知珠玉不是宝，真正的宝是节俭。今后一切建筑都要朴素，不准浪费民力。"

他命令太监们在皇宫的墙边种菜，不要建造亭台楼阁。

有一次，司天监把元顺帝亲手制作的水晶自动宫漏献给朱元璋，却被朱元璋严厉地训斥了一顿。有人给朱元璋送来镂金床，同样遭到他的严厉训斥。

为了让儿子得到锻炼，朱元璋规定诸子出城稍远，除了骑马外，要有近一半的路程靠步行。

朱元璋还带着太子朱标到农民家去,并告诫太子说:"农民勤四体,务五谷,身不离田亩,手不离耒耜,终年勤劳。住的是茅屋,穿的是布衣,吃的是粗粮,国家经费还要从他们身上出。"

朱元璋的俭朴生活影响了很多人,朝廷内外许多官员都很俭朴,乃至天下养成勤俭风气,化民成俗。

如济宁府知府方克勤在工作中的谨慎和生活上的俭朴,是明代初期廉吏的典型。他官职不低,月俸20石,但自奉简素,不服纨绔,一身布袍10年不换。家中房屋坏了,属吏请为之修缮,他说:"不要因为我的私事而劳民,自己买苇席障之,蔽风雨而已。"

朱元璋不仅自己以身率先、勤政俭朴,还立法定制,要使富者得以保其富,贫者得以全其生。对贪得无厌,横行不法的豪强地主,采取严刑重法加以打击。使当时的社会经济得以恢复和发展。

朱元璋是历史上的一位出众皇帝,在历史的前台演出了一幕幕惊人的话剧,令人难忘。然而在后台,还有一位不应被遗忘的人,她就是朱元璋的妻子马皇后。她和朱元璋同甘共苦,终身相伴,一生节俭,给朱元璋的称王事业以很大辅助和影响。

安徽凤阳是朱元璋发迹的地方，至今还流传着歌谣和民间故事，说道：

> 说凤阳、道凤阳，凤阳是个好地方，不仅出了个朱洪武，还有一个贤德的马皇娘。

1368年，朱元璋在封功授爵的典礼上称赞马皇后说："皇后出身布衣，和我同甘共苦，创业天下，她的内助之功非常大。"

马皇后早年丧母，被郭子兴夫妇收养为义女。郭子兴只有两个儿子，没有女儿，因此十分疼爱这个义女并教她读书识字。马氏长大后不但出落得端庄美丽，而且知书达理。郭子兴做农民起义军元帅时，马氏嫁给了英勇善战的朱元璋。在朱元璋平定天下、创建帝业的岁月里，马皇后和他患难与共。

作为皇后，马氏一心一意关心、辅助丈夫治理这个新诞生的政权，同时又勤劳地治理内宫和教育子女。

论 语

马皇后每日起早贪黑,亲自带领、督促宫妃们治女红,从不懈怠。她常告诫内宫妻妾、王妃公主说:"无功受禄,是造物主所憎恶的事。我们这些后妃妻妾,受用着山珍海味,锦绣衣裳,却终日悠闲无所作为,这岂不违背了造物主的意志吗?因此,我们应该勤劳治女红,来报答造物主的恩宠!"

马皇后每见织工纺织时的零头、断线,她总是让人收集起来,然后织成布匹,制成衣服,赐给各王妃、公主。她告诫后宫的人们:"生长在富贵中,应当知道农妇种桑养蚕的艰难不易。"

马皇后严格地教育自己生的5个儿子,希望他们将来一个个都成为正直有为的人,经常督促他们学习为人和治国的道理。

她常对王子们说:"你们的父亲出身穷人,能成为万民之主,治理国家,为人民求太平,也是勤学的结果。你们后辈小子,更应当勤奋好学,不要辱没了你们的尊贵的出身!"

她还教诲王子们为人要仁爱忠厚,同情贫苦的人民。她经常把农民种庄稼的辛苦和下层人民生活的艰

难告诉王子们，要求王子们关心人民疾苦，戒除自己的骄纵。

马皇后严格地教育子女，特别对皇太子朱标的教育很重视，让朱元璋遴选宋濂等名儒教读。

她还时常地训诫朱标说："你生长富贵之家，不知贫民疾苦。现在从师受读，要以仁德为怀，不可好逸恶劳，心存骄奢。须知这些都是自取败亡的原因，你要永远铭记才好。"

马皇后最小儿子周王朱橚，少时放荡不羁，当他成年后至藩地开封，马皇后派江贵妃随同一起去。她交给江贵妃一件自己常穿的破旧衣服和一根木杖，嘱咐道："倘若周王有过错，你就穿上我的衣服，代我责他。如他倔强不听话，就派人飞马送报京都，不要轻易饶恕！"

每逢各地有灾荒，马皇后就率领宫人们食野菜。这时，朱元璋就宽慰她说："已发送粮食去救济那里的灾民，皇后不必过于忧心。"

在平日里，马皇后经常问朱元璋："百姓们是否安居乐业？"她还说："皇帝是天下之父，我作为皇

后，便是天下之母了。百姓们若是不能安生，我们做父母的，又如何能够心安理得在这里享受呢？"

由于明太祖朱元璋注重休养生息，国力逐渐恢复。宫廷内外，崇尚奢侈的习气风行起来。马皇后力挽颓风，卓尔不群，仍以俭示天下。

马皇后还严禁宫女们衣着特殊，并以身作则，做出表率，"食不求甘美"，常身穿裙子也不加花边。在她的影响下，"左右旁人皆无香薰之饰"。每月的初一和十五两天，众宫妃前往请安，看到她穿着与众不同的粗疏袍衣，却以为是绮丽的新式样。

有一次，宫妃们特意走到马皇后面前细看，看清是极粗劣的衣服之后，都忍不住笑了。马皇后严肃地说："这种布特别适宜染色，穿旧了，还可以染旧如新。因此我穿着它。"

马皇后平时居家，总穿一身粗布衣服，虽已破旧也舍不得换。每次制作衣服的零布，她都收集起来，做成被褥。她常说："身处富贵，应为国家爱惜财物，随便丢弃，毁坏东西，是古人深以为戒的！"

有一次，一个宫女对马皇后说："皇后，您身为

天下至富至贵，又何必舍不得这些小东西呢？"

马皇后严肃地说："我听说古代后妃，都是富而节俭，贵而勤劳才被史籍称誉的。做人最不应该忘记的是勤俭，不应仗恃的是富贵。勤俭之心一动摇，灾难就随之而来了。我每想到这些，就不敢忽视这些生活小节。"

宫女们听了，无不叹服；嫔妃们听了，都十分感动，纷纷颂扬马皇后的美德。

1382年，52的马皇后病逝。临终嘱咐朱元璋"求贤纳谏，慎终如始"，并愿"子孙皆贤，臣民得所"。朱元璋常将马皇后的贤德与长孙皇后相提并论，她们的确可以先后媲美。

史书上还说，马皇后出殡那天，南京百姓几乎倾城而出，自发为她送葬。时值盛夏，史载那天忽然电闪雷鸣，下了一场瓢泼大雨，那扶老携幼的万千百姓在大雨中恸哭，竟然没有一个回家躲雨的。

马氏作为一个平凡女子，在艰难逆境中帮助朱元璋成就大业。在大富大贵时，不奢不骄，始终不忘民间疾苦，不改勤俭本色，并用自己的言行来规劝、影响皇帝朱元璋,做出极不平凡的业绩。她对后世影响极大,明、清诸后乃至命妇民妇皆以其为楷模,争相仿效。

## 王翱当官一身廉洁奉公

朱元璋崇尚节俭,促成了明代初期良好的执政风尚,而明代后来的几代帝王也多以节俭为荣。帝王垂范,下必效之,明英宗时的王翱,就是一个廉洁奉公的臣工。

王翱出生在今河北孟村县王帽圈村,曾任明代吏部尚书、太子太保等职。他居官不图私利,廉洁奉公,人们都十分敬重他。

王翱在辽东监督军务的时候,和一个监军太监荣公交谊甚好。后来，王翱升任吏部尚书，回京就任，便设法寻找过去在辽东时的同事荣公的后代。

王翱找到了荣公的两个侄子，便请他们到府内，对他们说："你们叔父荣公为官清廉，给你们遗留的财产不多，你们的日子可能不富裕。如果有什么困难，可到我这里来领取。"

两人心想，这不过是说句客气话罢了，就随便说了声："好吧！"

后来，王翱一见到荣公的两个侄子总是问他们："日子难不难？是否需用银两？"

这样一连几次，两人好生奇怪，就商量说："既然王天官经常问，必定真心实意，咱写一张买房契据，看他怎样。"于是，两人写了一张假房契，列价500两银子，便带着来到了吏部尚书府上。

见面寒暄以后，王翱又问起是否困难。两人见问，双手呈上房契说："刚刚买了一所房子，准备开个小店，只是眼下无钱还房债。"

王翱看过房契，微微一笑，从柜子里拿出一件皮袄，"哧啦"一声将袄撕开，取出一个红包来，然后

笑嘻嘻地将红包递给他俩。

两人接到手里一看，上写有两行蝇头小字，是叔父荣公的笔迹，写的是："赠王都察院惠存，荣顿首拜。"红包封固完好。

两人纳闷，问道："这是什么呢？"

王翱示意拆封。拆开一看，只见亮晶晶、光闪闪、明晃晃的两对宝珠，耀人眼目，两人都惊呆了。两人心发热，眼发酸，"扑通"一声给王翱跪下了，含着满眼泪水说："王大人，这宝珠是叔父给您老人家的，小侄万万不敢收。"

王翱闻听，哈哈大笑，扶起他们，说："俗话讲，物归原主。在辽东时，我与荣公志同道合，共抗外侮，结成莫逆之交。我在离别时，荣公非赠给我先皇所赐宝珠不可。盛情难却，我便收下了。现在你们困难，就拿去置点产业吧！"

两人听罢，感动得热泪涟涟。心里说：王大人真是清官，名不虚传啊！

王翱身为朝廷命官，始终不忘"守身如玉当慎初"这句古训，真正做到了两袖清风，依旧过着和百姓一样的生活。

有一次，王翱念及年幼时受到过许多父老乡亲的帮助，想请众乡亲过来聚一聚，聊聊家常。

乡亲们像过年一样，换上干净衣服来到王翱家做客。

大家都说："王翱有良心，当官不忘穷乡亲。今儿个总算借王翱的光，开开胃口了。"

王翱让仆人端上来一桌子北京西山的"一兜蜜"大红柿子。大家很少吃到这样的柿子，都很高兴。

其中有个叫王二古的人，只想等着吃下面的山珍海味，就只吃了一个柿子。可是大家把柿子吃完了，天都快黑了，却连一个冒着热气的菜也没等来，更别说什么山珍海味、珍贵名酒了。

王二古只吃了一个柿子，心里不甘，就发牢骚说："甭看他对大伙这样，他自己还不知吃什么山珍海味、燕窝鱼翅呢。我倒要看看，你家到底吃什么饭！"

第二天早饭的时候，王二古装着串门的样子来到了王翱家。刚一进门，就听见"哧"的一声，衣裳挂

论 语

在了破损的门板上,扯了一大块。接着进屋,又是"梆"的一下,额头又碰在低矮的门框上,疼得直咧嘴。

这时,王二古看见王翱正在吃饭,桌上放着高粱米面的窝头和玉米粥,旁边有几棵大葱、酱和腌咸菜。他心想,这不还是庄稼饭吗?再看王翱,正吃得津津有味。

王二古觉得胡乱猜疑对不住王翱,坐在那里有些不自在。没想到稍一动弹,就听"啪嚓"一声,身下的凳子面掉落在地上。原来,椅子有两条腿是圆木棍顶着的,另外两条腿的位置靠着墙,下面有一长摞砖支撑着。

王二古心里很不是滋味,后悔自己冤枉了王翱。这件事很快被其他老乡知道了,人们都说:"王翱和咱老百姓一样,他真是个清官啊!"

王翱持家严谨,对自己家属管束很严。在原则面前,他对家人简直达到了寸步不让的地步,有时甚至让人无法接受。王翱有个女儿,嫁给了在京郊做官的贾杰。王夫人非常疼爱女儿,常常接女儿回娘家来。

每次去接,女婿都跟妻子说:"你父亲是吏部尚书,掌握着官吏的命运。只要岳丈尊口一开,我就可以像摇树叶一样被摇到京都。那时,你们母女就可以常相陪伴了!"女儿只得把这话告诉了母亲。

这天晚上,王夫人特意做了好吃的款待丈夫。趁酒意正浓时,夫人跪地说:"我为女儿、女婿求个情,求求你把女婿调到京城里来吧!"

王翱听后,火冒三丈,怒斥道:"亏你说得出口,想叫我借用手中的权力徇私情吗?如果官吏们都提出如此要求该怎么办!"他越说越气,竟抄起桌上的餐具,冲着夫人摔了出去。

夫人头破血流,泣不成声。王翱却回到朝房,一连住了10多天。从此,调转的事没人再敢提了。

王翱的孙子王辉,在太学读书。他乖巧伶俐,很讨爷爷喜欢。一天,王翱正在书房看书,王辉推门进来,高兴地说:"爷爷,我要参加秋试。"说着,拿出盖着官印的秋试证给王翱看。

王翱一看秋试证,就皱起了眉头,心想:阿辉没念几天书,根本没资格参加秋试,显然是在利用自己

的官名作弊!

想到这里,他严肃地说:"阿辉,你如果确有真才实学,我怎么能埋没你的才学?可你的书底儿我还不知道吗,若遇到糊涂主考官,你考取了,却误了另一个穷秀才的前程。你吃得好穿得暖,何必强所不能呢?还是别考了。"说着将秋试证给烧了。

望着腾起的火焰,当爷爷的还不忘唠叨几句:"堂堂正正,诚实正直,才是七尺男儿的本色!"

王辉听着爷爷的话,很有感触,最后照办了。

王翱不图私利,廉洁奉公的品格,在封建时代是非常难能可贵的。他一生历仕明代七朝,辅佐六帝,去世后谥号"忠肃",人称"忠肃公"。

## 戚继光治军不徇私情

儒家的"克己",就是克制、约束自己的私心;儒家的"奉公",就是以公事为重。克己是奉公的前提。克己的标志之一就是不徇私情,明代抗倭名将戚继光在治军过程中不徇私情,是明代克己奉公的又一个典型。

戚继光是明代山东登州人,17岁时承袭了父祖历任的登州卫指挥佥事之职,25岁时被提升为署都指挥佥事,担负起山东沿海防守海疆、抵抗倭寇的重任。

那时候,我国东南沿海地区倭寇为患,达到了猖獗的程度。素有威名的戚继光被调任到倭患最为严重的浙江任都司佥事,主持这一地区的抗倭斗争。

倭寇的不断侵扰,激起戚继光歼敌卫国的义愤,曾写下"封侯非我意,但愿海波平"的诗句。体现出

不图私利,一心为国的高尚境界。

为了夺取抗倭斗争的胜利,戚继光到前线后,开始组建部队,并三令五申要求严守纪律。但有的将士散漫惯了,时常违犯军纪。戚继光秉公执法,坚决按军法从事,狠狠惩办了几个严重违犯军纪的将士。

戚继光有个舅舅,在戚继光的队伍里当小官。他觉得自己是戚继光的长辈,别人害怕戚继光威严,他却满不在乎,甚至故意公开违犯军纪。这样一来,上上下下议论起来,都拭目以待,要看看戚继光如何处置违犯军纪的舅舅。

这件事确实使戚继光面临一场严峻考验。如不一视同仁,秉公执法,就不能折服众将士,更关系到能否训练出一支纪律严明,勇敢善战的军队,完成御倭重任的大事。

戚继光大公无私,从国家和民族利益的大局出发,毅然按照军法鞭打了自己的舅舅。

当天晚上,戚继光把深感委屈的舅舅请来,恳切地说:"按辈分说,我应该尊重您,可是在军队里,您和我则是上下级关系,所以又不能不处罚你。军队要保家卫国,要抗倭,不能没军纪。如果我从私情出发,袒护舅舅,那怎么能使别人心服?因此,请您老人家从大局着想,谅解外甥。"

他的舅舅听了外甥深明大义的话,惭愧而激动地说:"我违犯军纪,受军法处置是完全应该的。你整顿军纪,执法无私也是完全正确的。今后我一定带头服从命令,遵守军纪。你就放心吧!"

戚继光公事公办,严肃处理舅舅违法的事,很快就传开了。从此,全军上下,人人遵守纪律,严守训练规则,绝少发生违纪抗令之事。

经过一段时间的整训,一支军纪严明,英勇善战的"戚家军"终于训练出来了。戚继光规定:擂鼓需进,就是前面有水有火,也要奋勇前进;鸣锣需退,就是前面有金有银,也要坚决退回。

这支军队,在抗倭斗争中,令行禁止,步调一致,攻无不克,战无不胜,而且对百姓秋毫不犯。倭寇一听"戚家军"来了,就闻风丧胆,狼狈逃窜。

有一次,戚继光率领军队在台州府围剿一股倭寇,倭寇与戚家军接战之后,很快大败,有一股残敌

想绕道城北的大石退守仙居。

为了彻底消灭这股倭寇,戚继光立即命自己的儿子戚印为先锋,率领军队抄近路在白水洋常风岭一带进行伏击。

临行前,戚继光一再交代戚印,与倭寇接战之后,不要急于求胜,要佯装失败,将敌人诱至仙居城外再予以反击,以迫使城中的倭寇出援,一举歼灭。他最后强调说:"违反军令者,要按军法处置。"

戚印率军到达常风岭之后,将军队埋伏在山道两旁的树丛中。此时,倭寇的队伍也沿着这条山道开了过来,前面还押着一些抢掠来的妇女和牛羊等。

小将军戚印一见之下,怒火中烧,再也沉不住气,马上下令军队展开总攻。一时间,矢石齐飞,刀枪猛舞,喊声震天。戚印只顾奋勇杀敌,早已忘记了父亲临行前"只许败不许胜"的交代。霎时间,就将敌人全歼在山道之上。

伏击全胜,将士们个个欢欣鼓舞,大家都说:

"戚印作战勇敢，杀敌有功，一定会受到主帅的表扬和奖赏。"

戚印带领部队，高奏凯歌，得胜回营。然后，兴冲冲地前往父帅营帐，向父亲报捷。戚继光听完儿子戚印的禀报，勃然大怒道："我让你诱敌，你却伏击，私自出兵，坏我法纪。你违反军令，擅作主张，打乱了我的全盘计划，还说自己有功，真是岂有此理，应该以军法处置！"说完，便命将校将其绑出辕门外正法。

诸将虽然苦苦求情，说戚印虽然是触犯了军令，但其大败倭寇，也是有功之臣，可将功抵罪。

戚继光不答应，说："我是一军主帅，如果我的儿子犯了军令可以不杀，以后还怎么带兵？军中的命令还有谁去执行？"于是，就在白水洋上街水井口这个地方，戚继光忍痛斩了儿子。

后来，当地百姓为了纪念这位打了胜仗又被斩首的戚小将军，就在水井口用小石子铺起了花样石子街，又在花冠岩山下修建了太尉殿。据说戚小将军死后被朝廷封为"太尉"，让人们永远记住这位古代小

将的抗倭功绩，也永远记住戚继光铁面无私、从严治军的精神。

据说，后来在一次战斗间隙，戚继光登上连江吼虎山，想起爱子被斩，不禁伤心下泪。后人就在他曾立足思念爱子的地方建起一座六角凉亭，取名为"思儿亭"。

紧接着，戚继光重新做了部署。仅仅在1561年一年之内，戚家军在台州抗倭，就九战九捷，迅速荡平浙江的倭寇。

随后，戚继光又率领戚家军开赴福建、广东，和另一位将领俞大猷共同抗倭。至1565年，东南沿海的倭寇基本肃清，安定了边防。

戚继光从严治军，不徇私情的故事载入史册，流传至今，被人称颂。戚家军的纪律严明闻名天下，但凡出征时有扰民行为的一律斩首示众，所以戚家军无论在哪里作战都能够获得当地百姓的支持，就连少数民族都愿意为之誓死效命，这样的军队是之前无论哪个王朝都没有的。

## 戚继光牢记父训不虚荣

戚继光出生于世代将门之家,父亲戚景通晚年得子,对继光十分钟爱,但教子极严。

戚继光十二岁时,家里修理厅堂。他听一个工匠对他说:"你家世代做官,戚将军功名不小,照例该造一间十二扇雕花窗的大花厅,现在你父亲只修一间四扇窗的厅,未免太节省了。"

戚继光听后对父亲说:"工匠说父亲官职不小,为什么不修造一间雕花窗的大厅呢?"

父亲摇了摇头说:"你小小年纪就贪慕虚荣,将来我这份产业到你手里怕保不住呀。你想想,工匠的话对不对?"

戚继光从小聪明,一下子就明白了父亲话里的意思,回答说:"孩儿听从父亲教诲,实在不该听工匠的话。"

论 语

第二年,家中要给戚继光订亲。女方家中送来一双非常昂贵的绣鞋,他穿上了绣鞋走到父亲书房,高兴地问:"父亲,你看这双鞋漂亮吗?"父亲一见,严肃地说:"我上次为修大厅的事就对你说过,不要贪图享乐,你现在又犯了。一双鞋虽小,但如果你爱慕虚荣,享受之心不改,将来当了将军,不爱财不贪污才怪呢?"

戚继光听了红着脸,把绣鞋脱掉说:"孩儿知错,这双鞋我绝不再穿。"几年后,戚继光成为一名文武双全的青年军官。

## 不迁怒,不贰过

哀公问:"弟子孰为好学?"

孔子对曰:"有颜回者好学,不迁怒①,不贰

过②，不幸短命③死矣。今也则亡，未闻好学者也。"

子华④使于齐，冉子⑤为其母请粟，子曰："与之釜。"请益，曰："与之庾。"冉子与之粟五秉。子曰："赤之适齐也，乘肥马，衣轻裘。吾闻之也，君子周急不继富。"

【注释】

①迁怒：把怒气移到别的人身上去。

②贰过：重犯同样的错误。

③短命：颜回死时年仅31岁。

④子华：姓公西名赤，字子华，孔子的学生，比孔子小42岁。

⑤冉子：冉有。

【解释】

鲁哀公问："你的学生中哪个最好学呢？"

孔子回答说："有一个叫颜回的学生好学，不把学习的怒气发泄到别人身上，也不会重复犯同样的错误，他不幸短命死了，现在就再也没有听说好学的

人了。"

子华出使齐国,冉求替他的母亲向孔子请求补助一些谷米。孔子说:"给他六斗四升。"冉求请求再增加一些。

孔子说:"再给他二斗四升。"冉求却给他八十斛。

孔子说:"公西赤到齐国去,乘坐着肥马驾的车子,穿着又暖和又轻便的皮袍。我听说,君子只是周济急需救济的人,而不是周济富人。"

【故事】

## 汉武帝执法不徇私情

汉代执政者和思想家在前人的基础上,通过对历史与现实的深入思考,认为民为立国之本,执政者应重视人民的利益甘苦和为人民谋福利。民本思想是

"天下为公"思想的一个重要表现，而汉武帝刘彻就是"天下为公"思想的继承者和表率，成为我国历史上一个很有作为的皇帝。

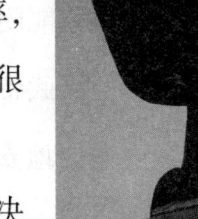

汉武帝遇事有决断，而且执法严厉，毫不容情，真正做到了执政为民，克己奉公。事情还要从汉武帝的妹妹隆虑公主说起。

隆虑公主有个儿子，叫昭平君，也就是汉武帝的外甥。昭平君依仗自己的舅舅是皇帝，母亲是公主，常常仗势欺人，干了许多坏事。隆虑公主对这个宝贝儿子疼爱得很，但也清楚地知道，如果任其下去，早晚有一天会闯下大祸。

后来，隆虑公主得了重病，久治不愈。作为母亲，隆虑公主对于顽劣的儿子昭平君深感忧虑，实在是让她放心不下。

隆虑公主临终之前，把哥哥汉武帝找到跟前，给

了他黄金千斤，钱一万缗。伤心地说："我只有这么一个儿子，我真担心他以后会犯国法，被判死罪。现在我把这些钱财交给你，只求你将来能念兄妹之情免掉他的死罪，这样我死后就能闭上眼睛。"

这种事没有先例，但汉武帝见妹妹病得很重，为了让妹妹宽心，就轻声慢语地安慰了妹妹一番，并当场答应了妹妹的请求。

隆虑公主去世后，昭平君更加无法无天，整天胡作非为。有一天他喝醉了酒，竟然平白无故地把一个年老的官员杀死了。朝廷的有关部门只好把他抓起来关在监狱里。但由于他的皇亲贵子的特殊身份，谁也不敢给他判刑。

汉武帝知道了这件事，感到很为难，叹息道："我妹妹很晚才生这个儿子，死前把他托付给了我，现在要判他死罪，我实在不忍心呀！"

左右的大臣们都说："公主对朝廷是有功的，现在已经驾鹤西游，算是替儿子赎了罪，陛下就赦免她的儿子一次吧！"

汉武帝自然不会忘记，妹妹当年曾经为朝廷做过许多有益的事情，甚至可以说是巾帼功臣。想当年，汉景帝刘启将她许配给长公主的儿子隆虑侯陈蟜，封她为隆虑公主。隆虑就是现在的河南林县。

隆虑公主虽出身帝王之家，但却喜欢田野的清新，有到民间创一番事业的壮志。所以，她催促丈夫早点到封国来，要亲自领略一下封邑的绮丽风光。从长安出发，她沿途访察民情，实地调查，决心要在封邑有一番作为。

隆虑公主依照其祖父汉文帝刘恒和其父汉景帝的决策，辅佐丈夫陈蟜治理隆虑，使饱经战乱的隆虑人口数倍增加，经济迅速发展。

此外，隆虑公主一生勤俭，在临终之前，将田地和钱财给了仆人婢女和孤寡鳏独，还将黄金千斤和钱千万上交给了国家。

对于妹妹隆虑公主的功绩，汉武帝自然是心中有数的。而对于妹妹的儿子昭平君杀人这件事，汉武帝很清楚，自己的行动将要给整个国家带来影响。如果自己置法律于不顾，今后还怎么去治理国家？杀人要偿命，应该判昭平君死刑！

　　于是，汉武帝对左右的大臣们说："法令是先帝制订的必须遵守。如果因为我妹妹的缘故，而破坏了法令，我还有何面目入高庙，而且也辜负了天下的老百姓，这岂不失信于民？"最后，汉武帝下达了将昭平君斩首的命令。

　　依法处死了昭平君，汉武帝心里也很难过。但是，太中大夫东方朔却向汉武帝祝酒说："赏功不避仇敌，罚罪不考虑骨肉，陛下，这两点您都做到了！四海之内的百姓就会更加钦佩您的开明。"

　　汉武帝创造了国家的兴盛，给人民带来了前所未有的尊严，这之中包含着的三个因素，这就是创新、先秦儒家思想的思维开放性和法家思想的余风。在这三者之中，法家思想贯彻得是非常好的。

　　虽然汉武帝时的大儒董仲舒提出"罢黜百家，独尊儒术"，但汉武帝时的儒家思想还具有先秦时期百家争鸣的影子。所以，在整个汉代，尤其在汉武帝时，重用了许多法家的不徇私情的才干之人。

　　汉武帝自己就是一个执法严厉的君主，他严肃处理违法乱纪的外甥就是一例，集中体现了先秦法家思想的余风。

特权阶级的人犯了法，往往可以逃脱法律的惩罚。汉武帝作为一位明君，坚持天下为公，秉公执法，在两汉时期产生了极大影响，不仅受到了人们的称赞和爱戴，更起到了极为重要的表率作用。

## 霍去病拒受御赐豪宅

汉武帝的无私精神，也影响到了他的臣民。霍去病就是其中之一。霍去病出身贫寒，少年时期曾在贵族家中做过奴仆。后来，他的姨母卫子夫做了汉武帝的皇后，霍去病才进入朝廷做了侍中。

虽然地位变了，但霍去病仍然廉洁自俭，绝不像一些贵族子弟那样花天酒地

生活,而是从此立下大志,愿为大汉王朝和天下百姓做些有益的事情。为此,他专心读书习武,希望将来一展报国之志。

霍去病每天苦读兵书,勤奋习武,常常忘了宫中开饭的时间。每逢这时,他就找些剩饭吃,从不叫苦。汉武帝看到他如此俭朴刻苦,就对人说:"霍去病,将来一定是一个栋梁之材!"

公元前123年,年仅18岁的霍去病随主帅卫青击匈奴于漠南。他奉命率800名骑兵,负责寻找匈奴的主力部队。霍去病带领小分队一直深入到几百里的大漠深处,终于发现了匈奴主力部队的大营。这时,他本应该向主帅卫青汇报,但勇敢的霍去病斗志昂扬,决定抓住战机,果断地对匈奴主力发动偷袭。

在霍去病的精心部署下,小分队找准时机和目标,对匈奴贵族首领的大帐发动猛冲。800骑兵如旋风般席卷而至,扬起的烟尘遮天蔽日。将士们往来冲杀,如入无人之境。

战至最后,800多人的小分队竟然消灭匈奴2000多人,其中包括相国、当户的官员,还有单于的祖父辈籍若侯产，并且俘虏了单于的叔父罗姑比。霍去病由此勇冠全军。

霍去病初次带兵，就善于捕捉战机并大获全胜。消息传到了长安，汉武帝非常高兴，为了表彰他的战功，破格赐封他为"冠军侯"。

霍去病虽然年轻，但是他在卫青等将领带领和抗击匈奴精神的鼓舞下，充分运用前辈的经验的同时，发挥自己的聪明才智和谋略，运筹帷幄地指挥军队，多次取得胜利。

汉武帝曾经命霍去病为主帅，率兵对河西地区的匈奴进行扫荡。霍去病对军队进行精心的部署，决定自己亲自率领大军长途跋涉，绕到匈奴主力的后方。

霍去病率领军队转战2000多里，在地形极为复杂的河西走廊，孤军切断了匈奴军队的退路，并且在没有援军的情况下，给匈奴军队以沉重的打击。

在这次战役中，霍去病以损失最小的代价一举歼灭匈奴在河西地区的主力，并且俘获2000多人，其中包括匈奴贵族50多人，将军相国等各级军官60多人。

 论 语

河西战役的胜利,充分地显示了霍去病这位年轻的将军,英勇善战谋略过人的指挥才能。

鉴于霍去病连年征战,立下了汗马功劳,汉武帝一再委以重任,最后提升他为大司马。

霍去病虽然官位很高,但住宅非常一般,汉武帝为了奖励他,特意派人在长安为他修造一座豪华的住宅。住宅修好后,汉武帝十分高兴。他特意带霍去病与他一起去参观这所新住宅。

他们来到了宅院门前,负责营造宅院的大臣介绍说:"一切都是按皇上的旨意修建的。主楼中有豪华舒适的寝室,有宽敞明亮的会客厅,有环境幽雅的书房。出了主楼,就是美如仙境的小花园。亭台楼阁,奇花异草,应有尽有。"

他们参观完了这座豪华的宅院,汉武帝兴致勃勃地说:"大司马,你可知这宅第是为谁修的?"

霍去病心中虽猜到几分,但还是说:"不知,皇上未曾告知下臣。"

汉武帝哈哈大笑起来,说:"爱卿,现在我要告诉你,这所漂亮的宅院是专为你修造的!"

霍去病听罢,脸上并未流露出什么喜悦。

汉武帝有些奇怪,问:"怎么,你不喜欢?"

霍去病恳切地说:"皇上,您对我的恩赐我心领了!但是,这所豪华的住宅,却不能接受。这是因为,我仅是暂时击退了敌人,尚未完全消灭敌人。匈奴未灭,何以家为?"

汉武帝望着霍去病,心中百感交集,一时不知如何说才好。

霍去病又一再拜谢皇恩,汉武帝终于被感动了,自言自语地说:"好,好!国家多么需要像你这样的将领啊!"

此后,霍去病又参加了规模空前的"漠北大战"。在深入漠北寻找匈奴主力的过程中,霍去病率部奔袭2000多里,歼敌7万多人,俘虏匈奴王爷3人,将军相国当户都尉83人,匈奴休屠祭天金人也成了汉军的战利品。

霍去病一路追杀,来到了今蒙古肯特山一带。就是在这里,霍去病暂作停顿,率大军进行了祭天地的典礼,在狼居胥山举行了祭天封礼,在姑衍山举行祭

地禅礼。

封狼居胥之后，霍去病继续率军深入追击匈奴，一直打到翰海，方才回兵。经此一役，"匈奴远遁，漠南无王庭"。

霍去病和他的"封狼居胥"，从此成为我国历代兵家人生的最高追求。而这一年的霍去病年仅22岁。

霍去病去世后，汉武帝十分悲痛，为他举行了隆重的葬礼，并且为他修建一座仿造祁连山模样的宏伟坟墓，来纪念这位为大汉边疆的稳定而立下赫赫战功的将军。"汉骠骑将军大司马冠军侯霍公去病墓"巨大的墓碑，至今还矗立于陕西兴平茂陵墓地。

"匈奴未灭，何以家为？"这短短的8个字，因为出自霍去病之口而言之有物、震撼人心。表明他把国家利益放在首位，不顾及个人利益的英雄气概。

从此以后，这句话为人们树立了良好的学习榜样，刻在历朝历代保家卫国将士们的心里，这种精神值得后人传诵和继承。

## 第五伦为官克己奉公

第五伦也是西汉时期克己奉公的典范。他生性正直,同情百姓,无论在哪儿做官,都能以"克己奉公"要求自己,以为民解忧为己任。他曾担任过许多官职。在担任京兆尹主簿时,具体负责长安城内的市场交易。他认真校正秤、斗、尺等度量衡器具,严格市场管理,很少发生缺斤缺两的事。即使买卖双方有时出现争执,只要他一出面,都能得到公平合理的解决。

在担任会稽太守时,第五伦发现当地素有迷信鬼神的风俗。每逢过节,民间都大量杀牛祭神,从而影响了农业生产。于是,

论 语

他明令禁止,违者惩处。如此一来,流行多年的歪风很快杜绝,劳苦大众无不由衷地感激。

有一年,朝廷发给他2000石俸禄。他领到俸禄后,看到百姓中有些人家生活艰难,于是,留下自家食用外,其余全部分赠给穷困百姓。

第五伦在蜀郡太守职位上,刚开始时,郡府中的属吏从官皆多豪富,有的钱财竟达上千万。他们上下班都乘着华丽的车子,骑着高大肥壮的骏马,耀武扬威,神气十足。在他们的影响下,其他人也都竞相摆阔气,讲排场,致使百姓叫苦连天。

面对这种情况,第五伦毅然采取措施,将富户出身的官吏全部裁汰,另选清贫正直之士替代,并大张旗鼓地进行反腐倡廉。从此,当地不正之风渐渐消停,吏治得到明显改善。

与此同时,他还认真考核每一个属吏,向上举荐了很多德才兼备者,不少人后来都受到朝廷重用。

汉章帝刘炟即位后,第五伦调入朝内任司空,成为朝廷重要官员。汉章帝时,外戚当权,不少仕宦之人犹如墙头草,随风摇来摆去,毫无个人主见。第五

伦却出污泥而不染,始终保持着一身清白。他认为,戚族过盛,应防止他们骄奢擅权,危及朝政。便屡屡上书,抨击时弊,要求抑制外戚势力。

他还明确提出,"对外戚可封侯以富之",但不能"职事以任之"。结果,得罪了不少有权势的人。这些人同流合污,常常在汉章帝面前进谗言,致使他一度受到皇帝冷落。但他依旧刚正不阿,不入俗流。为此,时人将他同西汉时期的贡禹相媲美。

第五伦虽然身居官位,不但尽职尽责,奉公做事,而且注重克己,从不骄奢淫逸,生活十分节俭。第五伦在担任太守时,就常常自己动手割草喂马,妻子亲自下厨烧火做饭。每次领到俸粮,除留下自己一家食用之需,全部赠送或以最低价格卖给百姓中较为贫困的人。

有一天,他的下属部门调来了一位新官。晚上,这位年轻的官员特意前来拜见上司。

年轻人走进第五伦家中,看到一位衣着简朴的妇人,说:"请禀告你家主人,有客人来访。"说罢坐了下来等待那妇人去禀报。

妇人听了年轻人的话,没有立刻离开屋子,而是上下打量了一下客人,然后和气地问:"官人一定是新来的吧?"说着,倒来一杯茶,放在桌上,然后坐在年轻人的对面。

年轻官员见眼前妇人不去禀报,心中十分不悦。他重复说:"你回去禀报你家主人,说有客人来。"

妇人刚要说话,恰巧第五伦的小儿子跑了进来。喊道:"娘,来客人了?"

这时,年轻官员才明白,这妇人是第五伦的夫人。他十分尴尬,但第五伦的妻子却不在意,仍然和气地说:"太守不在家,他吃罢饭,随仆人一起上山割草去了。"

年轻官员惊讶地问:"割草?太守去割草?"

第五伦的小儿子说:"是割草,爹爹割了草好喂马啊!"

第五伦升为司空后,按说应该有很多积蓄,但实际上并没有。他把大部分钱财都用于救济别人了。

在做司空期间,第五伦对家人要求极严,不许子女穿丝绸制衣,就连他的妻子,平时也只穿粗布衣裙。别的有钱人家,妻妾奴仆成群,第五伦家却粗茶淡饭,家中仅有一两个干重活的仆人。

有一次,第五伦的一个远亲从外地来到他家。远亲心想,第五伦长年做官,现在已经是司空了,官位显赫,家中一定是亭台楼阁,富丽堂皇。

不料,远亲走进第五伦家中一看,完全与他所想的相反,宅院狭小,摆设简朴,许多家具已很破旧。他还看到司空夫人忙里忙外,洗衣做饭,真是让人难以相信。

在吃饭时,这位远亲说:"没听说过,大官司空的夫人还要下厨做饭,这不是和下等人一样了吗!"

第五伦听了,不以为然地笑笑说:"平常人家的妇人,不仅烧饭,还要干粗活,我们已经比别人强多了。持家要勤俭,否则若养成奢侈浪费习惯,人就会变懒变馋。那样,家风就败坏了,家风不好,那才丢面子呢!"

那位远亲想了想,说:"也许你说得是对的,不过,像你这样的大官少见啊!"比起一般人来,第五伦还有一个独到之处,那就是勇于自我剖析和自我批

评。有一次,有人问第五伦:"你一向尽心公事,难道就没有私心杂念了吗?"

第五伦诚恳地回答道:"有。"并且举例说,"以前,有人送我一匹千里马,我虽然没有接受,但每逢'三公'选拔人才,我心里总不能忘记那个人。尽管那人最终并没有被录用,却说明我仍然有私心。再就是我的侄子生病时,我一夜曾去看他10多次;我的儿子生病时,有一次没能去看他,竟落得彻夜未眠。若是其他人的孩子生了病,我就可能不会这样。这不说明我还有私心吗?"

事实上,越是私心重的人,反而总是炫耀自己大公无私,以进一步保护他的自私行为。而像第五伦这样私心不重的人,倒是敢于承认自己有私,其目的就是尽量克服私心,做到克己奉公。

第五伦为人诚实,不会花言巧语。他奉公守节,廉洁清白,勇于主持正义,从不看风使舵,哪怕在皇帝面前说话,也直来直去,决不阿谀奉承。因此,他成了有名的无私之人。

## 霍光一心为公勤辅政

在汉武帝刘彻之子汉昭帝刘弗一朝,也不乏一心为公的人。其中重要的人物当属辅政大臣霍光。

霍光是汉昭帝一朝赫赫有名的贤臣。他辅政的时候,汉昭帝年纪尚小,不懂得如何治理国家,霍光就不厌其烦地向小皇帝进谏,告诉年幼的皇帝要尽可能地照顾老百姓,减轻赋税,减少官差,遇到灾荒年要借给百姓种子和粮食等。

由于霍光敢于直谏,使得在汉昭帝时,朝政比较清廉。老百姓也感动地说:"孝文皇帝和孝景皇帝的日子,现在又快回来了。"

正是因为霍光不讲情

面，一心为公，致使朝廷中的几个大臣不能为所欲为，就把霍光看做眼中钉，肉中刺，非把他拔去不可。

左将军上官桀和他的儿子上官安首先反对霍光。上官安是霍光的女婿，他有一个女儿，只有6岁，却要把她嫁给汉昭帝，将来好立她为皇后。

上官安请父亲上官桀先去跟霍光疏通。霍光说："您的孙女才6岁，现在就送进宫里去，实在不合适。"这话本是一句好话，可是上官桀和上官安觉得霍光阻碍了荣华富贵的道路，从此开始痛恨霍光。

上官安不死心，他找到了汉昭帝的大姐盖长公主的朋友丁外人，请他去请求盖长公主。丁外人花言巧语地向盖长公主一说，盖长公主就答应下来了。

原来汉昭帝从小死了母亲，是姐姐盖长公主将他带大的，一向把大姐盖长公主看成母亲一样，盖长公主怎么说，他就怎么做。就这样，上官安6岁的女儿进了宫，没有多少日子就立为皇后。

上官安做了国丈，还做了车骑将军，他非常感激丁外人，就在霍光面前说丁外人如何的好，意思是让霍光封他为侯。

霍光对于6岁的小姑娘进宫这件事本来很反感,只是因为当时盖长公主主张这么办,也就不便过于固执。可是现在要封丁外人为侯,便表示坚决反对。上官安为此嘴皮子几乎都说出血来,霍光还是不依。

上官安央告他父亲上官桀再去跟霍光商量。霍光说:"无功不得封侯,这是高祖立下的制度。"

上官桀降低了要求,就说:"拜他为光禄大夫,难道也不行吗?"

霍光断然地说:"那也不行!丁外人无功无德,什么官爵都不能给,请别再提啦。"

霍光因此更加得罪了上官桀他们爷儿俩,也让盖长公主和丁外人他们很是不快。

这时,上官桀又去勾结汉昭帝的异母哥哥、燕王刘旦,打算先想办法消灭霍光,然后废去汉昭帝,立燕王刘旦为皇帝。

这样一来,朝廷里有左将军上官桀,车骑将军上官安,还有别的大臣,外边有燕王刘旦,宫里有盖长公主和丁外人，他们联合起来布置了天罗地网，就能将霍光置于死地。

上官桀这伙丧心病狂的家伙，借口霍光把一个校尉调到大将军府里来，就诬陷霍光不尊重皇上，滥用职权，企图借汉昭帝之手除掉霍光。汉昭帝还算圣明，他明察秋毫，及时戳穿了上官桀等人的阴谋诡计，使霍光得以幸免。

霍光十分感激汉昭帝明辨忠奸，更加坚定了自己恪尽职守，一心为公的信心和勇气。

上官桀等人的阴谋被揭穿之后，就干脆赤膊上阵，准备发动武装政变。他们准备杀了霍光之后，再把燕王刘旦刺死，上官桀自己即位做皇帝。

上官安高兴得像躺在云端里一样：父亲做了皇帝，自己就是太子了！他心里一高兴，就向自己的心腹说了此事。上官安的心腹也有正义之士，就把他们的秘密告诉了霍光。

霍光掌握了上官桀等人的武装政变计划后，为了国家的社稷安危，为了普天下的黎明百姓着想，制订了周密的计划。在这一政变未发动之前，就先发制人，将上官桀等主谋政变的大臣统统逮捕，最后一网打尽了乱党。

平定乱党以后，霍光为了百姓能安居乐业，就建议汉昭帝对少数民族采取安抚政策、减少人头税，提倡节俭，裁撤冗员等，使得当时出现了政治清明，经济发展的景象。

霍光辅政期间，尽职尽责，勇斗恶势力，促成了吏治清明，天下太平的局面。霍光为汉室的安定和中兴建立了功勋，成为西汉历史发展中的重要政治人物，在历史上具有一定影响。

## 万斯同闭门思过苦读

万斯同是明末清初的著名学者、史学家，是大思想家黄宗羲的学生。

万斯同生而异敏，读书过目不忘。八岁时，在

 论 语

客人面前能背诵《扬子法言》,终篇不错一个字,到十四五岁读遍了家藏书籍,以后专攻二十一史,并受业于浙东著名学者、大思想家黄宗羲,后又博览天一阁藏书,学识锐进,博通诸史,尤熟明代掌故。

但万斯同小的时候也是一个顽皮的孩子。一次,万斯同由于贪玩,在宾客们面前丢了面子,从而遭到宾客们的批评。

万斯同恼怒之下,就掀翻了宾客们的桌子。他因这一举动被父亲关到了书屋里。万斯同从生气、厌恶读书,到闭门思过,并从《茶经》中受到启发,开始用心读书。转眼一年多过去了,万斯同在书屋中读了很多书,父亲原谅了儿子,而万斯同也明白了父亲的良苦用心。

万斯同经过长期的勤学苦读,终于成为一位通晓历史、遍览群书的著名学者,并参与了《明史》的编修工作。

# 三月不违仁

原思<sup>①</sup>为之宰,与之粟九百,辞。子曰:"毋,以与尔邻里乡党<sup>②</sup>乎!"

子谓仲弓,曰:"犁牛为之骍且角<sup>③</sup>。虽欲勿用,山川其舍诸<sup>④</sup>?"

子曰:"回也其心三月不违仁,其余则日月至焉而已矣。"

【注释】

①原思:姓原名宪,字子思,鲁国人。孔子的学生,孔子在鲁国任司法官的时候,原思曾做他家的总管。

②邻里乡党:相传古代以五家为邻,25家为里,

12500家为乡,500家为党。此处指原思的同乡,或家乡周围的百姓。

③骍且角:祭祀用的牛,毛色为红,角长得端正。

④其舍诸:其,有"怎么会"的意思。舍,舍弃。诸,"之于"二字的合音。

【解释】

原思给孔子家当总管,孔子给他俸米九百,原思推辞不要。孔子说:"不要推辞,你不吃也可分给你的乡亲们吧。"

孔子在评论仲弓的时候说:"耕牛产下的牛犊长着红色的毛,角也长得整齐端正,人们虽不想用它做祭品,但山川之神难道会舍弃它吗?"

孔子说:"颜回这个人,他的心可以长时间内不离开仁德,其余的学生则只能在短时间内做到仁而已。"

在《论语》中孔子对冉雍评价很高,以为他虽然出身贫贱,但才堪大用。

【故事】

## 亘古第一忠臣比干

比干（前1125年~前1063年），生于商代沬邑，即今河南省卫辉市北。他是商纣王的叔父，是商纣时代丞相。他竭力反对商纣王暴虐荒淫，横征暴敛，结果被商纣王帝辛残杀。

比干是商代以死谏君的忠臣，也是历史上有名的敢于进谏、又不惜以死抗争的忠臣。因为他是历史上第一个以死谏君的忠臣，因此被誉为"亘古第一忠臣"。

比干幼年聪慧，勤奋好学，20岁就以太师高位辅佐帝乙，又受托孤重辅

后来的商纣王帝辛。

比干从政 40 多年,主张减轻赋税徭役,鼓励发展农牧业生产,提倡冶炼铸造,富国强兵。

商纣王刚即位的时候,每次在战场上都表现得异常勇猛。他亲军东征徐夷时,多次亲自带兵往来冲杀,骁勇无比,最后迫使徐夷酋长反绑着双手,口衔国宝玉璧,穿着孝服、拉着棺材向商纣王投降。

商纣王率领军队,一直打到了长江的下游地区,东夷部落纷纷臣服。

当商纣王凯旋之时,比干带着文武大臣,步行几十千米前往迎接。当时的民谣甚至这样唱道:"商纣王江山,铁桶一般……"

然而,商纣王很快就腐化堕落了。他大兴土木,强迫奴隶为他修建宫殿,还建造了一座高高的摘星楼,整天在上面与美女、美酒相伴,朝廷笙歌,夜夜曼舞。从此,商朝的国都就改名为"朝歌"。

商纣王的种种劣迹,完全可以使人忽视他曾经的功劳,而且每一桩都少不了坏女人妲己。

商纣王有一次正和妲己饮酒,远远望见一老一少正在渡河,小的走在前面,已经过河而去;老的落在后面犹豫不前。

商纣王说:"小孩骨髓旺,不怕冷;老人骨髓空,怕冷。"

妲己不信,商纣王就命士兵把两人抓来,用斧子砸开他们的腿骨让妲己看。

这条河从此被叫做"折胫河"。

比干看到商纣王的所作所为,就坦率地直谏,并带着他去太庙祭祀祖宗,给他讲历代先王的故事:先祖盘庚用茅草盖屋,武丁和奴隶一起砍柴锄地,祖甲约束自己,喝酒从来不过3杯,唯恐过量误国等。商纣王表面点头称是,但并不真正改过,而且越加荒淫暴虐。

商纣王不但在王宫里"流酒为池,悬肉为林",而且还表演"真人秀",令男女裸体而相逐其间,以此为乐。

妲己喜欢看人受虐的情景,有一种叫做"炮烙"的刑具,就是她发明的。

炮烙是用铜做成空心的柱子,在行刑的时候,先

把犯人脱光衣服绑在柱子上，然后再把烧红的炭火放进铜柱子。

妲己说她有辨认腹中胎儿是男是女的本领。商纣王就抓来100个孕妇试验。

妲己让孕妇先坐下再站起来，然后对商纣王说："先抬左腿者是男，先抬右腿者是女。"

商纣王不信，妲己就命人当场剖腹检验。

比干看到商纣王和妲己害人取乐的场面，气得浑身发抖。他说："我是皇伯，强谏于王！"说完疾步走到了商纣王面前，直言他的错误，并且请求将妲己斩首，全门赐死！商纣王愤愤地坐在那里，一句话也不说。

比干继续说道："当年天下大灾，饿殍塞途，汤王下车抚尸而哭，自责无德。便立即开仓济贫，饥者得食，寒者得衣，天下称颂。你今天的作为与先王的仁政简直是背道而驰，若不改悔，天下就要危险啦！"

商纣王听完气得拂袖而去。

比干回到家中，请来箕子和微子商议，让他们向商纣王进谏。

第二天，箕子去劝商纣王，商纣王却将箕子的头发剪掉，把他囚禁起来。

后来，微子进谏，商纣王依然不听，微子只好抱着祖先的祭器远走他乡，到朝鲜半岛建立了自己的国家。

大臣辛甲进谏了 75 次，商纣王丝毫不改，于是投奔了周文王。

许多大臣看到商纣王已经无可救药，便纷纷弃商投周。商纣王已经落到了众叛亲离的地步。而此时，周武王率军东征已经打到了孟津，大小诸侯背叛商朝来和周会盟的有 800 多个，商王朝已是风中残烛了。

比干觉得为人臣子不能像微子那样说走就走，就是杀头挖心也得据理力争。他冒着灭族的危险，连续 3 天进宫抨击商纣王的过错。

商纣王被比干批评得无言以对，恼羞成怒地喝问："你为什么这样坚持？"

比干说："君有诤臣，父有诤子，士有诤友。下官身为大臣，进退自有尚尽之大义！"

商纣王又问："何为大义？"

比干答："夏桀不行仁政，失了天下，我王也学

此无道之君,难道不怕丢失了天下吗?我今日进谏,正是大义所在!"

商纣王听到这里后勃然大怒,于是他说:"吾闻圣人之心有七窍,信有诸?"说罢,命人剖胸取心。

比干毫无惧色,慷慨就戮。比干忠于朝廷、冒死苦谏的精神为后世所敬仰。

后来周武王为比干封墓,赐比干的子孙为林姓。

此后,历朝历代都在立碑、建庙及封谥上大力宣扬比干,民间都把比干尊为"文财神"。

## 于谦甩袖管两袖清风

于谦是明朝著名的民族英雄和诗人。他24岁中进士,不久就担任监察御史。他为官清廉,为人耿直,明宣宗很赏识他的才能,先后破格提拔他为河南、山西巡抚。

明宣宗去世以后,9岁的太子朱祁镇继位,就是明英宗。因皇帝年少，宦官王振专权。王振勾结内外官僚作威作福，于谦看不惯他独揽朝政，从不逢迎他。为此，王振对于谦非常忌恨。

当时外省官员进京朝见皇帝或办事，都要贿赂朝中权贵，否则寸步难行。于谦在担任巡抚从外地回京时，他的幕僚建议他买些麻菇、绢帕、线香之类的土特产孝敬权贵。于谦从来不这样做，他甩了甩两只宽大的袖管，说："我就带两袖清风！"回到家里，他还写了一首题为《入京》的七绝诗表明自己的为官态度。他在诗中写道：

绢帕麻菇与线香，本资民用反为殃。

清风两袖朝天去，免得闾阎话短长。

## 姜诗夫妇孝行感天动地

汉代是对孝悌非常重视的时期，东汉时期朝廷将孝廉作为选才用人的重要途径，每年或每两三年必发

布"举孝廉"的功令。姜诗被推举做孝廉就是一例。

东汉时期，在广汉雒县汛乡，就是今天四川省德阳市孝泉古镇，那里住着一户人家，户主名叫姜诗。在他还小的时候父亲便去世了，只与母亲相依为命。

平日里，姜诗格外孝顺，尽心侍奉，从未让母亲忧心生过气。邻里乡亲看在眼里，都对他竖起大拇指，啧啧称赞不已。于是，姜诗侍母的孝名就在乡里传开了。

雒县有位名士叫庞盛，有一个聪明贤惠的女儿，从小教以诗书礼仪，织布裁衣，对父母也是百般孝顺。转眼也到了该出嫁的年龄，尽管上门提亲的人是络绎不绝，却都被一一拒之门外。

原来，女儿曾经对父亲立下了这样的心愿："爹爹,《孝经》说道:爱其亲而且爱他人者,谓之孝悌之德。您得为女儿找个孝顺父母的好夫君啊!"

一天,庞盛听闻了姜诗的孝名,于是,便派人去打听姜诗的为人。发现姜诗名不虚传,而且为人正直,终于捋着胡须,长长地舒了口气,放下了心中的石头。

几经周折,姜诗和庞女结为夫妇。夫妻俩恩爱相处,过起了男耕女织的生活。过后一年,又生了一个胖小子,虽然生活苦了点,却过得是有滋有味。夫妻俩都对母亲孝顺备至,庞氏尤其精心照顾,给婆婆打洗脚水,捶背揉肩,自己也乐在其中。

转眼几年过去了,儿子渐渐长大,姜母却日渐衰老,不承想又犯了眼疾。因为生活的不便,姜母脾气暴戾起来,对媳妇就有了不满之心,加上邻里有人嫉妒,趁庞氏不在家的时候搬弄是非,姜母越发对庞氏没有好脸色。

姜诗夫妇诚惶诚恐,侍奉母亲更加小心在意,生怕惹得母亲生气。有一天晚上,姜母梦到离家六七里的江水可以医治自己的眼疾,便对儿子媳妇说起这件

事。姜诗信以为真，叮嘱妻子去江中取水，不能有丝毫怠慢。

庞氏自然理解婆婆的心情，也想尽自己的一份孝心，就毫不犹豫地挑起水桶去江边担水。山边的道路艰难行走，她走了一个小时，终于来到江边，立即装满两桶水，挑回家中。她把水煮沸，晾好温度后端给婆婆。

婆婆喝了江水，觉得味道甜美，好像病也减轻了一半。于是，庞氏每天都挑着水桶，到江边去取水。虽然辛苦劳碌，但她心中十分高兴，因为婆婆的病已经慢慢痊愈，身体也比以前好了许多。

秋冬季节，天气干燥，这天姜母口渴，思饮江水，庞氏便一大早便去江中取水，而天公偏不作美，刮起了大风。风卷秋叶漫天飞舞，窗外"呼呼"作响，如虎啸猿啼，庞氏行路艰难。

庞氏迟迟未归，姜母在家口渴难耐，内心烦闷，坐卧不安，一时怒起，便对姜诗哭诉："儿啊，你看看你这个媳妇，也不体恤你老娘，看我口渴命将休矣，也慢慢腾腾地不回来，做这等忤逆不孝事的媳

妇,你娶来做甚啊!今天你非得给我休了她!"

姜诗见母发怒,心里极其难受,只得好言劝慰。就在此时,庞氏正好取水回来,姜母见之便闹将起来,非要儿子将媳妇休去才肯罢休。姜诗心里虽然不舍,却不敢违了母亲心意,无奈之下将妻子逐出了家门。

庞氏性格一向温顺,然而因天气的原因遭此大变,心里自是异常委屈。只身离开家门,在街头孤独徘徊。

在这段日子里,庞氏常常回忆起点点滴滴幸福的往事,丈夫平日里的体贴与关爱,儿子的调皮与可爱,温情像闪电一样击中她的身心。然而幸福美满的家庭刹那间化为乌有,却如何割舍得了呢!

庞氏自小受到良好的教养,多年来她已经习惯于"行有不得,反求诸己"。她经过细细思量,觉得自己也有没做好的地方,才致使婆婆口渴难耐,一向孝顺的她反而生起愧疚之心。于是,她悄悄地住在了邻居大妈家中。

庞氏借用邻居家的织布机日夜纺纱织布,将布匹

卖去赚得了一些钱财。然后去街市买回好吃的，让邻居大妈送回家中给婆婆食用，并且叮嘱邻居大妈说是大妈自己的。邻居大妈每天都给姜母送去好吃的，日子一久，姜母便感奇怪，追问究竟，大妈终于道出了实情。

姜母得知真相后，心中颇感惭愧，懊悔之心油然而生，便嘱托儿子将媳妇接回家。

这一天，阳光明媚，风和日丽。庞氏打扮得整整齐齐，姜诗将其迎归家中。婆婆喜笑颜开，孩子更是蹦蹦跳跳，煞是欢喜。邻里乡亲看在眼里，真是羡慕万分。打这以后，姜诗夫妇孝顺母亲更加尽心，又恢复了往日的幸福安乐。

因为家事繁忙，有时孩子便也替母亲去江中取水。哪知"天有不测风云，人有旦夕祸福"，儿子在一次取水的时候，江里突发大水，溺水身亡。

姜诗夫妇心如刀割，悲痛万分。然而面对白发苍苍的老母却又强颜欢笑，不敢提起此事，生怕老母承受不起。姜母问起孙儿，便说外出求学，暂时不能回家，庞氏外出取水如故。

日子一天天过去，姜母忧心岁月无多，常常思念吃鱼，虽然家中贫寒，但姜诗夫妇更加辛勤劳作，将所有积蓄用来买鱼，又切成细细的肉丝，烹调好后供养孝敬姜母。庞氏惦念邻居大妈，于是夫妇两人常请大妈一起过来吃鱼，好让母亲开心。

一天夜里，狂风大作，雷电交加，下了一夜的雨。第二天，庞氏起来经过院子，突然惊奇地发现地上有一个桶大的窟窿，正汩汩地往外涌着泉水，顺着墙角流出了院外。庞氏尝了尝泉水，跟六七里外的江水一个味。在泉眼旁边，又发现两条活蹦乱跳的鲤鱼，不禁喜出望外。夫妻两人对着水泉，高兴得手舞足蹈。

邻人们听到了他们的欢呼也一拥而来，对着那奇异景象，赞羡不止。年长的人说，一定是姜诗夫妇的孝心感动了天地。于是，乡邻们纷纷拿出香烛，摆设祭品，一同向天地磕头感恩。

姜诗夫妇对天拜谢："谢谢老天！我们怎么也谢不完老天的大恩哪！老天对我们太慈悲了。我们没做什么好事，怎么得到这么大的慈悯啊！"

从那时开始,每天早上都会从泉眼里跃出两条肥大的鲤鱼,供给姜诗夫妇做成佳肴来孝养母亲。庞氏也不必冒着寒暑到山边去取水了。不久,姜母的眼疾也康复如初了。

后来,社会发生动乱,农民起义也频频发生。据说赤眉军路过孝泉时,首领听说这是孝子姜诗故里,立即翻身下马,传令三军:"大家别乱来,惊动了大孝之人,必然触怒老天爷,那就不吉利了!"说完,还将随身携带的米面粮食,悄悄放在姜诗家门口。姜诗夫妇认为这是不义之财,就将其掩埋了。

在东汉末年社会动乱的形势下,时有强盗出没,但孝泉因有姜诗的孝名,没有受到战乱的骚扰。

在当时,社会推行举孝廉的选官制度,姜诗就被推举做了孝廉。姜诗夫妇的孝行又传到了汉明帝那里,皇帝也深深为之感动,便颁布诏书,封姜诗做了郎中。后来,姜诗调到江阳做县令,将这个地方治理得井井有条,人民安居乐业。

姜诗夫妇的孝行,充分体现了以"忠孝"为核心的伦理道德和社会规范。姜诗去世之后,汉明帝刘庄下诏在他们的故里建祠予以表彰。凡是经过这里的达官贵人，武官下马，文官下轿，逐渐成为传统。在今天的四川孝泉，依然屹立着"三孝祠"，几经兴废，仍保存着许多历史古迹。

在姜诗夫妇的故里，世世代代受到当地老百姓的敬仰和祭祀。他们的孝行感召了一代又一代华夏子孙。

## 赵孝兄弟的手足之情

儒家所讲的"孝悌"，不单单是指子女对父母的孝顺供养，也包含有兄弟手足之爱。注重兄弟情是做人的根本之一。东汉时期的赵家兄弟面对危难，甘愿替死，就突出地显示出兄弟手足间至亲至爱的感情。

那是在东汉末年，有一个叫赵孝的人，是沛国蕲人，就是现在的湖北蕲春。他的父母早逝，父亲是赵普，时任王莽时的田禾将军，举孝廉为郎。

论 语

赵孝有一个弟弟叫赵礼,兄弟两个人相处得十分友爱。赵孝很照顾弟弟,家里的重活累活如砍柴、劈柴及田地里的农活等,他都是抢着干,从不让弟弟伸手。弟弟赵礼见哥哥干活累了,就拿来毛巾为哥哥擦汗,然后端水给哥哥喝。还常常劝哥哥不要累坏了身体。

赵孝知道,弟弟还小,正是长身体的时候。家里粮食不多,所以每次吃饭时,他都把干饭给弟弟吃,自己只吃些稀饭或锅巴。

有一年,由于收成不好,粮食减产歉收,饥荒严重,社会治安也很混乱。这一天,空中乌云密布,天色显得十分昏暗。一阵狂风过后，人们的心头仿佛都有一种不祥之兆。

果然，一伙强盗突然占据了宜秋山，开始四处抢掠，百姓们都慌忙逃命。在严重的饥荒灾区，饥饿已经使强盗们完全失去了理性，甚至连吃人的事情也有所耳闻。

强盗们在老百姓的家中大肆搜寻一阵，见找不出多少粮食和值钱的东西，一怒之下，他们就只好抓人。村里的人们为了躲避强盗，纷纷逃往山里。赵孝、赵礼兄弟俩也被慌乱的人群冲散了。

强盗横冲直撞，他们碰到落单的赵礼，就向他要粮食。赵礼根本拿不出粮食，于是强盗就把他捉走了。赵礼虽然身体瘦弱，但是穷凶极恶的强盗们也不肯放过他，将他五花大绑捆起来后，绑在一棵树上，然后在旁边架起炉灶生起火来，开始烧水，准备拿赵礼来充饥。

哥哥赵孝虽然幸运地躲过了这一劫，却找不到了弟弟。他心急如焚，四处打听，后来才得知有人亲眼看见赵礼被强盗抓走了。

弟弟被掠走的消息让赵孝心如刀割。他想起父母临终前嘱咐，让他好好照顾弟弟，焦急万分，心想："我该怎么办？要是弟弟有个三长两短，可怎么对得起父母啊！我这个做哥哥的又怎么能再苟活在这个世上？弟弟是同胞骨肉，哪怕赔上自己的性命，我也要救出他。"

想到这里，赵孝就下定了决心要找到弟弟。乡亲们听说后替他担忧，有的说："强盗杀人不眨眼，你不能去呀！"有的说："现在强盗跑得无影无踪，你去哪里找呀？"

赵孝说："乡亲们不必为我担心，我一定会把弟弟救回来的！"说完，他循着强盗撤离的方向奔了过去。

赵孝救弟弟心切，很快就赶到了强盗那里，见到了被捆绑的弟弟，同时也看到旁边有一锅正呼呼冒着热气的开水。

弟弟赵礼见哥哥来了，先是一阵惊喜，随后马上就哀叹起来，埋怨哥哥说："哥哥呀！您怎么可以到这个地方来呀！这不是白白送死来了吗？"

此时赵孝也顾不上与弟弟搭话,就冲到强盗的面前,对强盗说:"我弟弟是一个有病的人,而且身体也很瘦弱,他的肉一定不好吃,请你们放了他吧!"

强盗们一听大怒,气势汹汹地对赵孝说:"放了他,我们吃什么?"

赵孝听强盗这样一问,就赶紧说:"要你们放了赵礼,我愿意用自己的身体给你们吃,况且我的身体很好,没有病,还很胖。"

强盗们听了赵孝的这番话,一下子都愣住了。他们没有想到天下还有这样甘愿送死的人,相互震惊地对视着,一时都被这感人的场面弄得不知所措。

这时,就听见赵礼在旁边大声地喊:"不行!不可以那样做的!"

一个强盗向赵礼吼道:"为什么又不行了?"

赵礼哭着说:"被捉来的是我,被你们吃掉,这是我自己命里注定的,和哥哥有什么关系呀?怎么可以让他去死呢?"

听罢此言,赵孝连忙扑到弟弟面前,兄弟相拥在一起,互劝对方要让自己去死,情急之下已是泣不

成声。

这些无恶不作的强盗们,听着兄弟互相争死的话语,望着手足之间舍身相救的场面,被深深震慑住了。他们那冰封已久的恻隐之心,被这人间真情真义的感人场面唤醒了,也都不禁淌下了热泪。最后,强盗们自动地让开一条路,目送着兄弟两人渐渐远去。

乡亲们钦佩赵孝、赵礼的兄弟情谊,交口赞扬。附近州郡征召官员,也要求向赵氏兄弟学习,上下团结,合力当差。

后来,这件事辗转传到了皇帝那里。皇帝是一个深明仁义道德之君,他了解了赵氏兄弟的义举,又知道他们的父亲赵普曾经做田禾将军,于是下诏书封了兄弟两人官职,征召赵孝为太尉府谏议大夫,后升至侍中、长乐卫尉,又征召赵礼为御史中丞。

皇帝还把他们以德感化强盗的善行,昭示于天下,让全国百姓效仿学习。

俗话说:"兄弟如手足。"面对险境,赵氏兄弟能够首先顾及对方的安危,丝毫不顾个人的凶险,足见他们的心中已深深明白,自己的身体与弟兄的身体都

是父母身体的一部分,同气连枝,同体相生。

兄弟情被我国人称为手足情。手和脚一起劳碌,一同苦乐。把兄弟定位于肢体关系,是我国宗法伦理的一大贡献。赵孝兄弟面对危难,甘愿争死,是兄友弟恭的优良典范,它所体现的精神特质,是构成中华民族宗法伦理的重要因素。

## 王祥孝悌德行义薄云天

王祥是琅琊临沂人,一生经历了东汉末年、曹魏、晋初3个历史阶段,官至太尉、太保。他以孝著称,凭着"卧冰求鲤"的动人之举而被选入《二十四孝图》。

王祥很小年纪时就失去了母亲,父亲继娶朱氏为妻。自从后母进门后,王祥经历了极其坎坷的历程。后母凶悍跋扈,常在父亲跟前造谣生事,嫁祸于他,让他的父亲误解他、不爱他。而只要王祥表现不顺母

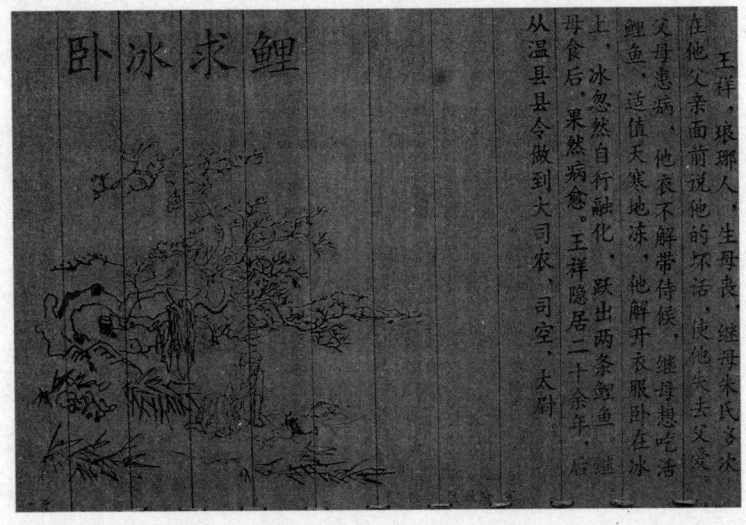

卧冰求鲤

王祥，琅琊人，生母丧，继母朱氏多次在他父亲面前说他的坏话，使他失去父爱。父母患病，他衣不解带侍候，继母想吃活鲤鱼，适值天寒地冻，他解开衣服卧在冰上，冰忽然自行融化，跃出两条鲤鱼，继母食后，果然病愈。王祥隐居二十余年，后从温县县令做到大司农、司空、太尉。

意时，一定换来后母的毒打与责备，甚至提出无理要求，目的是逼他于死地。

　　这种日子对一个小孩而言，情何以堪。然而一切的苦，王祥不仅默默承受，而且并没有因此而顶撞父母，或怀恨后母，只是希望能有那么一天后母能接纳他。

　　王祥娶以了妻子后，后母仍旧不放过他，还会照常打骂他，甚至他的妻子也一并受罚。

　　王祥和弟弟王览的感情特别好。王览是王祥的同父异母兄弟，他非常敬爱王祥，多次暗中掩护照顾哥哥。这对王祥来说，自然是莫大的安慰。

王览才几岁时,看到哥哥被后母鞭打,就会跑过来跪在母亲跟前,哀求母亲打他或争着代哥哥罚罪。长大以后,王览时常劝母亲不要虐待哥哥。后母对王祥有不合理的要求,王览也自愿跟着王祥一起吃苦。

王祥经常干家里的脏活累活,每天起早贪黑操持家务。寒冬时节北风呼啸,滴水成冰,王祥在这样的天气也要到山里砍柴。这一天,王祥背着一大捆干柴,顶着北风,好不容易从山里打柴走回家里。刚一到家,他就觉得头疼发热,全身无力,异常难受,就躺下了。

没想到刚刚躺下,后母大步走进房内喊道:"祥子,快起来,快去给我和你父亲把炕烧热!"还没有等王祥说话,后母又大喊起来,"懒猪,还不快点起来干活!"

王祥只好强打着精神起了床,按后母说的去做。这时,父亲回来了。后母立刻在王祥父亲面前诬陷道:"夫君,祥子今不知怎么回事,异常懒惰。方才我发现他没有烧炕就睡大觉了,真是岂有

此理!"

父亲一听,大发雷霆。他立即叫来了王祥,不问青红皂白就训斥道:"祥子,今天你不干完活就睡懒觉,到底为什么?"

"我……"王祥有口难言。平时,自己受再大的委屈,也从不顶撞父亲。

"以后再这样,看我不揍你!"父亲喝道。

王祥委屈地退了出去。

不久,后母感到心口忧闷,很不舒服。父亲叫来了郎中给后母号了脉。郎中开了药方,声称要治好这种病,只能喝鲤鱼汤才有会见效。

时值冬日,市场上根本就没有卖鲤鱼的。怎么办?大家为此都在发愁。这时,王祥二话没说,起身向村外的一条河走去。

"祥子,你到哪儿去?"父亲问道。

"我去村外那河上。"

"大冬天那里封冰,你去那里干什么?"

"父亲,您别管了!"

后母说:"祥子肯定又是去那里玩了。你看看,要这孩子有啥用？这么多年，我看是白养了。我如今重病在身，他竟然跑出去玩，真是不孝之子！"

王祥来到河上，只见河面结了一层厚厚的冰。怎么才能弄出鱼呢？想了片刻，王祥突然脱掉了上衣，躺在冰上。王祥硬是用自己的体温融化了一块冰。他敲开变薄了的冰层，只见冰下有好多鲤鱼。他不顾天气的寒冷，伸手就抓到了两条鲤鱼。

王祥一路小跑，高兴地把鱼带回了家，刚进院子就喊道："父亲，有鱼了，有鱼了！"

"你哪来的鱼？"父亲感到莫名其妙。

王祥告诉父亲得到鱼的过程，父亲颇受感动。

王祥的孝心可以融化坚冰，却不能融化后母比坚冰还硬的心。后母又想吃黄雀肉，王祥就去张罗捕捉，据说黄雀竟纷纷自投罗网。

王家有一片李树林，到了夏天果实累累。一天夜里风雨大作，后母令王祥去守住李树，不让果实被风雨打落下来。王祥哪有这本事啊，他就抱着李树向天哭泣哀求，结果还真灵，果实硬是没有掉下一个来。王祥的孝举，在十里乡村传为佳话。人们都称赞王祥

是人间少有的孝子。有人写诗称赞：

继母人间有，王祥天下无；
至今河水上，一片卧冰模。

王祥的孝行也感动了朝廷，于是被推举为孝廉。此后不久，王祥的父亲去世了，这个世界上最亲的人永远地离他而去。

在王祥悲苦万分的时候，弟弟王览常来安慰他，使他感到了仅有的温暖。这时候的后母，对王祥是羡慕嫉妒恨，她想用毒酒毒死王祥。就在千钧一发间，王览发觉了，他夺过毒酒，要自己喝下去，他的母亲打掉了那杯毒酒。

一计不成，又施一计。有一天夜里，后母提刀走进王祥独睡的小屋，来暗杀王祥。结果王祥命大，正好起床上厕所，后母只是刺穿了被子。王祥从厕所回来，发现后母持刀怒视自己的被子，知道后母行刺失败，就跪在后母面前请死。

后母朱氏这时良心发现，她联想过往的一切：她想到自己一直袒护亲生儿子王览，无所不用其极地想加害王祥，儿子却又这么善良地愿意代兄死，差点将自己骨肉毒死；她想到王览、王祥的手足情，两人共患难共死生的点点滴滴；想到王祥为了给自己治病，在大冬天赤身卧冰求鱼等。

这一幕幕人间的温暖，怎能不叫她震撼，叫她悔恨呢！原本铁石心肠的后母，此刻深感羞愧，蹲下身抱住王祥大声痛哭起来。哭声惊动了王览，他走过来一看什么都明白了。于是，三人紧紧地抱在了一起。

从此以后，一家的阴霾化去了，后母待王祥百般呵护。王祥如沐春风，对后母百依百顺。王祥、王览两兄弟的感情也更加深厚了。

王祥侍奉后母时，正值东汉末年天下大乱。他曾扶母携弟避乱于庐江郡，就是现在的安徽潜山县一带，长达20余年。在此期间，有州郡邀他去做官，他都以有母在堂为由予以推辞。

20多年后，应该是已经进入曹魏时期了。后母去世，人们看见王祥居丧，哀痛欲绝，面色憔悴，形容枯槁，必须要拄根拐杖才能立起身来。

后母既逝，孝心已尽，说到出山，王祥应该再也没有理由挡驾了。徐州刺史吕虔早知王祥孝悌之德，赶忙写来一封信，叫他去当别驾从事。但王祥却说是年老耳背，胜任不了这样重要的工作。其实他是舍不得弟弟。

王览见了，一再劝说，还亲自为哥哥备好车马。直至这时，王祥才应召上路。

吕虔对王祥特别信任，几乎把州中大小事务全部委任给他来处理。当时，徐州境内盗贼蜂起，王祥上任的第一件事就是打击这些盗贼，经过一番密集的打击，境内的盗贼全部被肃清。史书用"州界清静，政化大行"来形容王祥所取得的政绩。

当地老百姓更是用歌谣来称颂王祥：

海沂之康，实赖王祥。
邦国不空，别驾之功。

海沂，即徐州，徐州境内有一条沂河流过，故有此名。歌谣的意思是，徐州的安宁和仓廪充实，都有

赖于王祥的功劳。

254年,继司马懿之后掌权的司马师废掉了曹魏的第三任皇帝曹芳,立年仅14岁的高贵乡公曹髦为皇帝。不久,司马师暴死,其弟司马昭继续独掌大权。

这时,王祥已经迁太常之职,封万岁亭侯。王祥是当时社会的道德偶像,曹髦需要的是这个偶像的力量,于是任命王祥为三老,专掌教化。凭着资历、声誉和祖父般的年纪,王祥成为帝王师,可以随时训导曹髦。

王祥初任官时,一位权位极高的朝廷老臣非常肯定王祥的德范,赠送一把追随多年的镇家宝剑送给他,告诉他这把宝剑将带来一家无比的吉祥与兴旺,并深深地期勉王祥。

王祥知道此剑是无价之宝、吉祥宝剑,他并没有自己珍藏,而是赶紧转送给弟弟王览,并将老者的期许转告了弟弟。

王祥的弟弟王览也当了官,两人在朝中各有建树。两人一生当中一路走来,患难与共,相互扶持、相互

照顾、相互安慰、相互提携；而且两兄弟都非常长寿，都活到八九十岁，这大概就是兄弟相亲的缘故吧。

兄弟俩的后裔子孙也非常贤能有德，几代兴盛不衰，而且皆为朝廷栋梁。真的是应验了"积善之家，必有余庆"的古训。

## 善为我辞

季康子①问："仲由可使从政也与？"子曰："由也果，于从政乎何有？"曰："赐也可使从政也与？"曰："赐也达，于从政乎何有？"

曰："求也可使从政也与？"曰："求也艺，于从政乎何有？"

季氏使闵子骞②为费③宰，闵子骞曰："善为我辞焉！如有复我者，则吾必在汶上矣。"

## 【注释】

①季康子：春秋时期鲁国的正卿。

②闵子骞：姓闵名损，字子骞，鲁国人，孔子的学生。

③费：季氏的封邑，在今山东费县西北一带。

## 【解释】

季康子问孔子："仲由这个人，可以让他管理国家政事吗？"孔子说："仲由做事果断，对于管理国家政事有什么困难呢？"

季康子又问："端木赐这个人，可以让他管理国家政事吗？"孔子说："端木赐通达事理，对于管理政事有什么困难呢？"

又问："冉求这个人，可以让他管理国家政事吗？"孔子说："冉求有才能，对于管理国家政事有什么困难呢？"

季氏派人请闵子骞去做费邑的长官，闵子骞说："请你好好替我推辞吧！如果再来召我，那我一定跑到汶水那边去了。"

【故事】

## 辅助两代周王的周公

周公，姓姬名旦，又称周公旦，也称叔旦，谥"文公"。他是周代周文王的儿子，是西周初期杰出的政治家、军事家和思想家。他曾先后辅助周武王灭商、周成王治国。他制定和完善宗法、分封等各种制度，使西周奴隶制获得进一步的巩固。

周公是我国古代史上一位伟大的政治家，同时又是我国古代教育开创时期的杰出代表，他对我国古代教育的发展曾经起过巨大的作用。

周公自幼为人诚实忠厚，孝敬父母，多才多艺。在周文王之时，周族在岐山附近已经获得了很大发展。周文王去世后，周武王继承父位，继续进行消灭商汤的事业。

周族与商朝军队经过"牧野之战"，最终推翻了商朝的统治。周武王褒封了一些功臣，使天下逐渐得以稳固。

在周武王灭商的过程中和灭商之后，周公一直是周武王的得力助手。由于他过度劳累，周武王在消灭商朝后的第二年便生了病。

有一次，周武王忧虑天下尚未安定，结果一夜没有睡。周公得知后，急忙赶到周武王那里。周武王觉得自己已经不久于人世了，便托付后事，将一些想法告诉了周公。

周朝当时还未完成统一，周武王想让自己的子嗣完成统一大业，但是他的儿子姬诵还很年少，不能担负起这个重任。所以在两人交谈时，周武王希望让周公在自己去世后继承王位。

周公听说要让自己继承王位，他非常惊恐，就

哭着作揖，既感激又害怕，连忙说自己不能这么做。

周公认为，周朝刚创下基业，政局还不稳定，姬诵年幼无知，还没有治理国家能力，如果想要巩固新生的政权，就需要经验丰富的君主。所以周公只想暂时代替姬诵打理国事，等姬诵长大再主动交出权位。

就这样，周武王的儿子姬诵被立为太子，由周公负责培养和教育。在周武王去世的当年秋天，周公为年仅13岁的姬诵举行了加冠礼，以示姬诵已经长大成人，让他登基，被称为周成王。

此时周公领导百官，担负起了安定天下和巩固周朝统治的重任。周公辅佐周成王，处理政事，这在当时这种混乱的局势下，对于稳定人心有着极为重要的意义。

然而，尽管周公兢兢业业地辅佐周成王，却有人怀疑周公的动机不纯。周公的弟弟管叔和蔡叔等人制造谣言，说周公将对成王不利。

时隔不久，管叔和蔡叔与商纣王的儿子武庚勾结起来发动叛乱，阴谋夺取政权。周成王便命周公率兵镇压叛乱。周公领兵很快就讨伐平定了管叔、蔡叔和武庚发动的反叛。

周成王迁都洛邑后,周公就召集天下诸侯举行盛大的庆典,在这里正式册封天下诸侯,并且宣布各种典章制度,也就是著名的"制礼作乐"。

为了巩固周朝的统治,周公先后发布了各种文告,从其中可以看出周公全面总结了夏朝和商朝的统治经验,才详细制定了适合周朝的各种政策。周公曾先后发布了《康诰》、《酒诰》、《梓材》文告。

《康诰》的目的是安定原商朝的人民,其内容主要是"明德慎罚"。周文王因为"明德慎罚,不敢侮鳏寡"才有了天下。

"明德"的具体内容之一就是"保殷民"。"慎罚"就是依法行事,这其中还包括商朝法制的合理成分。

《康诰》规定,刑罚不可滥用,有的案情要考虑五六天,或者10多天才能够判定。至于杀人越货或"不孝不友"的要"刑兹无赦"。

文告中反复强调"康民"、"保民"、"裕民"和"庶民"等。文告反复告诫为官者要勤勉从事,不可

贪图安逸。并说"天命"不是固定不变的,能"明德慎罚"才有天命。

还说"明德慎罚"也不是一切照旧,而是参酌商法,推行周法,使原商朝的人"做新民"。

《酒诰》是针对原商朝人们饮酒成风而发布的。酿酒要用去大量粮食,这种饮酒风习在以农业为主的周朝看来简直无法容忍。

周公并非完全禁酒,他规定在有祭祀庆典的时候还是可以喝一点的。但是群饮是不行的,不可放过,要全部捉来"以归于周",或"予其杀"。

"予其杀"是将要被杀,但是未必杀;"归于周"是指不要给原商朝人们有滥杀的印象。这其实同"保民"或"安民"是一致的。

文告强调要引导原商朝人民去多种庄稼,也可以从事养殖或经商。

《梓材》规定人们之间不要相互残害或相互虐待,要关爱鳏寡孤独,社会自然就会出现安定的局面。这种局面的形成不是轻易可以得到的,要像农民那样勤除草和勤整地,贵在坚持。总之,勤用明德和保民,

才能"万年为王"。

三篇文告贯穿一个基本思想,那就是安定原商朝的人民,不给他们滥杀或虐待的形象。同时反复强调处罚要慎重,要依法从事。至于改造酗酒陋习,也要求一是限制;二是引导;三是区别对待。

为了周王朝的长治久安,周公还制定了礼乐制度。主要有"畿服"制、"爵谥"制、"法"制、"嫡长子继承"制和"乐"制等。其中最重要的是嫡长子继承制和贵贱等级制等。

在商朝的时候,君位的继承多半是兄终弟及,传位很不固定。周公确立的嫡长子继承制,就是以血缘为纽带,规定周天子的王位由长子继承。同时把其他庶子分封为诸侯卿大夫。他们与天子的关系是地方与中央、小宗与大宗的关系。

周公还制定了一系列严格的君臣、父子、兄弟、亲疏、尊卑、贵贱的礼仪制度,以调整中央和地方、王侯与臣民的关系,以加强中央政权的统治,这就是著名的"礼乐制度"。

周公制礼作乐具有十分重大的意义,它标志着周

朝的统治完全走向了正轨，而且对周朝社会的稳定和繁荣起到了重要的作用。

周公的"敬天保民"、"明德慎罚"和"勤政尚贤"等思想，成了后来儒家思想的直接来源，影响了我国几千年的社会制度。

周公辅政7年后，周王朝的统治已经稳固下来。此时，周成王已经长大成人，完全可以独立处理政务了。周公担心成王年轻气盛，治国时难免犯错误，于是写文章以劝谏成王。

后来，周公在恰当的时候还政于成王了。周成王继位第七年，也就是周公归政之年的岁末，周成王在洛邑举行了分封周公后代的仪式，将周公的儿子伯禽封到泰山旁边，建立了鲁国，周公也就成了鲁国的开国君主。

周公归政成王后，依然极受尊敬，周成王经常去泰山看望周公。

周公大约60岁时在封地去世。在周公病危时，他希望自己死后葬在周朝的都城，以表示不愿离开成王。周公去世后，周成王很伤心，特许鲁国在祭祀周公时演奏周朝的"天子礼乐",以示对周公的最大尊敬。

周公不仅敬德保民、制礼作乐、建立典章制度,此外对《易经》创作也有巨大贡献。他还受后来春秋时期著名思想家孔子的推崇,被儒家尊为圣人。周公思想对后来儒家的形成起到了奠基的作用,后世儒家将周公与孔子并称。

## 子罕拒宝品德高尚

春秋时,宋国有个小官叫乐喜,字子罕,他一向坚守道义,廉洁奉公,深受当地百姓的爱戴。

有一天,一个衣着朴素的人从怀中掏出一块璞玉,放在子罕面前说:"大人为官清正,百姓受惠多多。小人在山上采石,发现这块璞玉,玉石工说它是价值千金的宝贝,所以献给您,以表敬意。"

子罕婉言谢道:"我不需要它,你得之不易还是带回去吧!"说完把璞玉推到那人面前。

子罕接着说:"我一向把不贪当做宝物,你把玉

石当做宝物，如果把它给了我，岂不是你我都丢掉了自己的宝物吗？"

献玉人见子罕有如此高尚的品德，他深深地施了一个礼，说出了自己献玉的原因："小人是个普通百姓，偶然得到了这样的宝玉，如放在家中，反会遭强盗杀害，因此把它献给大人，望大人收下！"

子罕明白了那人的苦衷，就让玉石工把玉拿去打磨，然后把这块玉卖了一大笔钱。

子罕把钱全部给了献玉人，并且告诉他乡里的里正会保证他的安全。

献玉人看到子罕替自己考虑得如此周到，感动得热泪盈眶，连连叩头致谢，拿着钱回家去了。

## 孝庄文皇后公而忘私

在古代社会里，有许多身居高位、品德高尚的皇太后。清代的孝庄文皇后，就是其中的一位。孝庄文皇后，姓博尔济吉特氏，名叫布木布泰，也叫本布泰，是蒙古科尔沁部贝勒寨桑的次女。

孝庄13岁时嫁给努尔哈赤第八子皇太极为妻，后来皇太极在沈阳突然病故，她痛不欲生，想以身相殉。由于诸王贝勒以子女年幼，需要抚育教养为由多方劝阻而止。

皇太极生前没有立继承人，他去世后，诸兄弟为了皇位相争为乱，睿亲王多尔衮和皇太极长子肃亲王豪格之间的相争尤为激烈。

为了避免相争给国家和人民带来灾难，布木布泰最后采取折中的方案，由皇太极第九子、时年6岁的福临继位，即顺治皇帝，由多尔衮和济尔哈朗辅政。

顺治继位后，尊布木布泰为皇太后。而此时的多尔衮，其夺取皇位的野心并未消失，相反随着权势的不断扩大和加强，其当皇帝的欲望越加强烈，从而给顺治的皇位带来了越来越大的威胁。

皇太后为了维护顺治的皇位，处处以国家利益为重，一心为公，甚至付出了自己一生幸福的代价。她按着当时满族父死则妻其后母，兄死则妻其嫂的习俗，下嫁给多尔衮。以此来笼络和控制多尔衮，巩固福临的地位。

为了顺治帝位的稳定，皇太后百般笼络一批有实力的汉族上层势力，设法使已归顺清王朝的孔有德、吴三桂、耿精忠等效忠大清，为他们封王进爵。

她还将平南王孔有德的女儿孔四贞，召到宫中施以教育，并招为义女，以郡主视之。又把皇太极的女儿和硕公主嫁给平西王吴三桂之子吴应熊，以联姻结亲手段进行拉拢控制。

由于清代初期的长期战乱，社会生产遭到严重破坏，大量灾民流离失所，社会极不安定。为此，皇太后在宫中一再提倡节俭，并多次将宫中节余银钱赈济灾民。这既有利于缓和社会矛盾，维护社会安定，也有利于稳固顺治的皇帝地位。她所倡导的节俭

家风，影响了后来的康熙、雍正两朝。

顺治去世后，由其子玄烨继位，这就是康熙帝，他尊皇太后布木布泰为太皇太后。由于布木布泰是清太宗皇太极的妃子，谥号"孝庄"，又因她的儿子和孙子都做了皇帝，故史称"孝庄文皇后"。

孝庄文皇后全力辅佐康熙帝玄烨主政。康熙皇帝10岁丧母由她教养，她们祖孙两人之间感情十分深厚。康熙继位后，几乎每天上朝之前或下朝之后，都要到孝庄文皇后那里去问安。

康熙执政之初，4位辅政大臣鳌拜、苏克萨哈、遏必隆、索尼矛盾重重，各有野心。孝庄文皇后对他们分化、利用，最终擒了称雄一时的鳌拜，巩固了皇权。

此后没多久，"三藩"开始作乱。孝庄文皇后不但支持康熙力排众议，撤三藩，平吴三桂、耿精忠、尚之信，而且多次拿自己的份银犒赏出征的将士，深得人心。

在蒙古察哈尔部布尔尼起兵反清的紧急时刻，孝庄文皇后果断推荐已被免职的大学士图海为将，从而

平定了北方，稳定了大局。

孝庄文皇后一心为公的高尚品德，对她的子孙和身边的大臣影响极深，从而也博得了子孙和大臣对她的尊敬和爱戴。康熙亲政后数年，凡重大事件，都请示孝庄文皇后而后才施行。

康熙帝非常尊重孝庄文皇后，他常说："趋承祖母膝下30余年，鞠养教诲，以致有成。""若无祖母太皇太后，断不能有今日成立。"这个评价之高，无人能及。

1687年底，孝庄太皇太后离世，享年75岁。

这位为大清王朝披肝沥胆的巾帼至尊，去世后并未按惯例全国举哀。康熙遵照她生前的遗嘱，把灵柩暂时停放在河北遵化的"暂安殿"内，一停就是40年。直至雍正一朝，才正式安葬在东陵地宫。因地宫在沈阳清太宗皇太极的昭陵之西，故有"昭西陵"之称。

孝庄文皇后是从内蒙古科尔沁草原走出，在清代皇宫长达60多年，为清王朝奉献一生的蒙古族女政治家。她历经4帝，躬助3朝，两扶幼主，对调和清

宫内部矛盾和斗争，稳定清初社会秩序，促进国家的统一作出了重大贡献，被誉为"大清国母"。

孝庄文皇后以天下为公，不计私利，处处为国家利益着想的精神，是值得后人学习的。

## 王鼎一心为民排忧解难

清代克己奉公的典范人物，除了孝庄文皇后，还有一个叫王鼎的人。他一生一心为公，忧国忧民，为民解困，做了不少好事。

王鼎是清代陕西蒲城人。历任翰林院庶吉士、侍读学士、礼部户部吏部等部侍郎、户部尚书、河南巡抚、直隶总督、军机大臣、东阁大学士等职。

王鼎为整饬吏治，刚正不阿，不徇私情。他在刑部任职，先后深入九省，审理过 30 余起重大疑案，使贪赃枉法者均被惩处，冤假错案得以平反。即使封疆大吏直接插手，相互勾结的人为错案，也照查

不误。

浙江德清徐仉氏与前房儿子通奸，为灭口杀死儿媳徐蔡氏一案即为典型。仉氏奸刁，买通各级官吏、仵作狱吏，造成各级官员互相包庇，虽3次开棺验尸，皆无结果，直拖延3年之久不能结案。

王鼎复审此案，经过艰苦访查，弄清了受贿网，涉及巡抚一人、知府4人、同知两人、知县4人以及许多县吏、仵作等，案情真相大白于天下，"浙人颂为神明"。他铲除时弊，执法如山，显示了铮铮铁骨。

王鼎本人从不依人上爬，堪为自律表率。同乡同族王杰时任宰相，他从未让王杰助己升迁。

王鼎要求子女族人甚严。他的儿子回陕西参加考试，他唯恐利用权势不法行事，叮嘱儿子考前不许"见客""见长官"。跟随家人"勿上街"，力杜嫌疑，以正自身，要凭真才实学考取功名。

王鼎关心国计民生，理财有方，被誉为嘉庆、道光时期的理财能手。

1827年，新疆张格尔在英国殖民主义支持下，发动叛乱，攻城略地，割据一方。清代朝廷发兵讨伐。

王鼎均衡度支，保证了军需，卓有贡献。平叛后得到赏戴花翎，绘像紫光阁的殊荣。

王鼎在整顿天津长芦盐务，两淮盐政上，采取一系列有效措施，促进了盐商经营，扭转了盐课拖久危局，保证了朝廷财政收入。

王鼎对教育、社会公益异常关心。他一生视学江西，主持乡试、会试多次，所得多奇杰士。任江西学政，常入基层督查，垂刻《朱子小学近思录》、《六事箴言》等，充实教学内容。他还曾为蒲城尧山书院捐款，以供经费。他为倡办义仓、义田，对地方多有捐助，诚心感人。

王鼎克己奉公，怜恤民苦。在治黄工程中，以74岁高龄，亲临工地指挥。在当时，黄河从河南开封附近的祥符决口，祸水横流，奔腾不羁。一些昏庸的官吏，置人民死活而不顾，主张迁省城以避水祸。

王鼎听说以后，非常气愤。他慷慨陈词，力排众议，并积极采取措施，保守危城。此时，开封城下，四面皆水，危在旦夕。74岁的王鼎抖擞精神，亲率官吏，日夜巡护城池。

 论　语

堵河工程开始后,王鼎又不畏艰辛,驻扎在工地,和民役一道露饮星宿。他晚上操劳,经常通宵达旦,白天疲倦时,就躺在轿子中休息片刻。治河6个月之久,多次返回省城可是没有在行馆就寝。在王鼎的督察指挥下,黄河堵河工程终于按期竣工,终保危城开封无恙。

鸦片战争爆发时,抗战派报国无门,投降派畏缩不前。王鼎对此目不忍睹,气愤至极,在道光皇帝面前怒斥穆彰阿等卖国行为,并建议道光皇帝起用林则徐禁烟。

由于道光皇帝没有及时采取对策,王鼎报国无门,积愤难消,决心以死打动道光皇帝。他关门自草遗疏,再度苦谏道光皇帝起用林则徐抗敌保国,谴责穆彰阿误国害民。遗书疾呼:

　　条约不可轻许,恶例不可轻开,穆不可任,林不可弃也!

王鼎书毕,置遗疏于夹衣衫中,怀着满腔悲愤,

在圆明园寓邸中自缢尸谏。王鼎去世后,林则徐在戍途中惊悉噩耗,痛失知音,写下"伤心知己千行泪,洒向平沙大漠风"的诗句。

王鼎的去世,也激起了陕西蒲城的绅士、乡亲们的崇敬之情,人们报陕西巡抚奏请道光皇帝,将他埋在故里。时至今日,蒲城的人们还在相传颂着王鼎一心为公的事迹。

## 左宗棠为国身先士卒

清代克己奉公的典范不能不提到左宗棠。他在带兵征战中,身为军中将帅,事事严于律己,身先士卒,与士兵同甘共苦,就是儒家爱国爱民思想的体现,应该受到后人的称颂。

左宗棠是清代时湖南湘阴人,曾任闽浙、陕甘总督和协办大学士、军机大臣等职。他的一生中,大半生是在戎马倥偬中度过的。

左宗棠出身于农家,平日过惯了寒素生活。做官时,他常亲自灌园种菜,不喜玉食,治军时,常到军中走动,与士兵一起劳作。

有一次,左宗棠督师到甘肃安定县。兰州道台蒋凝学见他已是61岁高龄,就劝他迁住省城兰州总督府居住。然而他却想到正在前线浴血奋战的广大官兵比他更为艰苦,硬是谢绝了其部属的一番好意,坚持与士兵同甘共苦,住进军中帐篷。

左宗棠不仅自己身先士卒,与将士同享甘苦,而且平时还不断要求他的部将,要他们爱兵犹如爱子,告诫他们带兵时要有如带子弟的心肠那样去带他们。

左宗棠在亲自制订的《禁军管制》中,专门写了体恤兵勇的条文。每当在打仗时,因奋勇而阵亡,或伤重而身故的兵丁,家境贫寒者,他除了要求官府给予抚恤外,他自己还掏腰包,补贴他们的遗属,以示慰问。

1875年,清政府任命左

宗棠为钦差大臣，前往新疆督办抗击沙俄的军务。在挥师西征途中，一路上他只住营帐，从不住公馆。

他常穿着一身布衣长袍，守着一张白木板桌办公。在恶劣的气候条件下，帐外或沙土飞扬，或雨雪交加，他仍是伏在灰暗的灯烛下，不辞辛劳地处理繁重的军务。实在劳累极了，就踱出帐外，和军士闲聊，丝毫不摆长官的架子。

左宗棠坐镇于酒泉，运筹于帷幄，繁重的军务终于累得他病倒了。但是，为了早日从沙俄手中收复新疆失地，实现他的"与西事相始终"的誓言，他不顾自己"衰病日臻"的病体，继续率军西征。

左宗棠带领的军队在向哈密行进的途中，正遇上漫天风沙，冰雪交加的恶劣天气。沿途地方官吏，为照顾左宗棠的病体，多次力劝他住进公馆，左宗棠都执意不从，依旧是住在营帐之中，坚持着和将士们在一起。

左宗棠认为，此去一遭，恐怕已不能"生入玉门关"了。为了向全军将士表示誓与沙俄侵略军决一死战的决心，在行军中，他还特意命令其部属抬着棺

 论 语

材随军前进，随时准备为国捐躯。

手下人自然有疑，左宗棠便借此说出了一句掷地有声的话：

> 丈夫身临战阵，有进无退，死到沙场，便是终考。况吾后事具备，不犹胜于马革裹尸乎！

左宗棠这件事情，体现的是一个中国人印在骨子里的魂：想抢占中国人的土地，我们和你拿命拼。左宗棠的这个举动，不只在明志，还在鼓励军心，他都这把年纪了，尚且还要拼死收复国土，将士们怎么敢不用命。

左宗棠的这种誓不生还、效命疆场的悲壮之举，极大地激励和鼓舞了将士们讨伐侵略者的决心。

因此，在出征和追剿阿古柏匪帮的战斗中，全军上下万众一心，奋勇杀敌。

左宗棠在历史上是受数千年儒家思想润泽的一代豪杰，他毕生致力于增进对儒学的理解，他无私奉献

的对象是忠君爱国的理念。他生活在一个充满危机的时代，能够在儒家学说的鼓舞和指导下，士兵同甘共苦。

# 一箪食，一瓢饮

伯牛①有疾，子问之，自牖②执其手，曰："亡之③，命矣夫④！斯人也而有斯疾也！斯人也而有斯疾也！"

子曰："贤哉回也！一箪⑤食、一瓢饮，在陋巷，人不堪⑥其忧，回也不改其乐。贤哉，回也！"

【注释】

①伯牛：姓冉名耕，字伯牛，鲁国人，孔子的学生。孔子认为他的"德行"较好。

②牖：yǒu，窗户。

③亡之：作死亡解。

④夫：语气词，相当于"吧"。

⑤箪：古代盛饭的圆形竹器。

⑥不堪：不可以忍受。

【解释】

伯牛病了，孔子前去探望他，从窗户外面握着他的手说："活不久了，这是命里注定的吧！这样的人竟会得这样的病啊，这样的人竟会得这样的病啊！"

孔子说："颜回的品质是多么高尚啊！一箪饭食，一瓢水，住在简陋的小巷子中，别人忍受不了那穷困的忧愁，而他却不改变他自己乐观的态度。颜回的品质是多么高尚啊！"

【故事】

## 统军治国能手姜子牙

姜子牙（前1156年~前1017年），也称吕尚、姜尚，名望，字子牙或牙。他先后辅佐了六位周王，因是齐国始祖而称"太公望"，俗称姜太公。他生于商周时期东海海滨，即今安徽省临泉县一带。

姜子牙是一位满腹韬略的贤臣和非凡的政治、军事家，一直受历代统治者崇尚。是我国商周时期政治家、军事家和谋略家。他的统军和治国方面的才能，被千古传颂。

在商朝末年，在商都朝歌的西面兴起了一个名

论语

叫周的强国。周的历史悠久,据说他们的远祖后稷在尧的时候是担任农师,以后世世代代承袭这个职务,管理农业方面的事情。周族领袖姬昌继位,就是有名的周文王。

因为祖先做过农师,周文王也十分重视农业。他待人宽厚,所以老百姓都很拥护他。周文王特别敬重有本领的人,请他们帮助治理国家,许多人纷纷来投奔他,因此他手下文臣武将众多。

姜子牙就是周文王请来的最有才能的人。

商纣王看到周的势力越来越强,十分害怕,就找个理由把周文王找来,囚禁在羑里。

周文王的臣子为了搭救周文王,搜罗了美女、宝马和珍宝献给商纣王,并买通商朝的大臣,请他在商纣王面前求情。

商纣王很是贪财,又喜欢美女。他得了礼物,听了大臣的话,把周文王释放了。

周文王获得自由以后,决心治理好自己的国家,以便寻找机会,报仇雪耻。他看到自己手下虽然有了不少文臣武将,可是还缺少一个文武双全且谋略超众

的人,以帮他筹划灭商大计。

因此他常留心寻访这样的大贤人。

一天,周文王来到渭水边,他看到一位须发斑白的七八十岁的老人,坐在在水边钓鱼。老人钓鱼的鱼钩离水面有三四尺高,并且是直的,上面也没有钓饵。周文王看了很纳闷,就过去和老人攀谈起来。

经过交谈周文王才知道,这老人姓姜,名尚,又名子牙,是远古时代炎帝的后代。到渭水边上来钓鱼,目的就是在等待贤明的君主来寻访。

周文王和姜尚经过一番交谈,发现姜尚是一个谈吐不凡、有雄才大略的人。他上通天文,下知地理,对政治、军事各方面都很有研究,特别是对于当时的形势,分析得头头是道。

他认为商朝的天下不会很长久了,应当由贤明的领袖来推翻它,建立一个新的朝廷,让老百姓能过上舒服的日子。

姜尚的话句句都说到了周文王心里,周文王终于找到了姜尚这样的治国能手。

周文王虔诚地对姜尚说:"请您帮助我们治理国

家吧!"

说完,就叫手下人架车过来,邀请姜尚和自己一同上车,回到都城里去。

姜尚到了周文王那里,就被拜为太师,总管全国政治和军事。

姜太公果然不负厚望,他做了周文王的国相,帮助周文王整顿政治和军事。他对内发展生产,使人民安居乐业;对外征服各部族,开拓疆土,简直削弱商朝的力量。

周文王在姜尚的辅佐下,先后打败了犬戎、密须等部族及一些小国家,吞并了从属于商朝的崇国,在崇国的地盘上营建了一个丰城,把都城迁到了丰城。

周文王晚年的时候,周的疆土面积扩充了不少。当时周朝的疆域东北拓展到现在山西的黎城附近,东边到现在河南沁阳一带,靠近商朝的都城朝歌,南边到了长江、汉水、汝水流域。

据说周文王已经控制了当时天下的三分之二,为灭商奠定了可靠的基础。

周文王病逝以后,他的儿子姬发即位,这就是周武王。姜太公帮助周武王建立了周朝，成为有名的军事家和治国贤臣。

前1043年，商王朝统治集团核心发生内讧，良臣比干被杀，箕子被囚为奴，微子启惧祸出逃，太师疵、少师强投降周武王。

周武王问姜子牙现在是否可伐商朝，姜子牙支持现在伐纣。

于是，周武王决意举兵，并以"吊民伐罪"为号召，联合诸侯各国部队，以战车4000乘陈师牧野，与商纣王的17万大军展开决战。

周武王在牧野举行了庄严的誓师大会，这便是历史上有名的"牧誓"，誓词历数商纣王听信宠姬谗言，招诱四方罪人和逃亡奴隶，暴虐地残害百姓等罪行，说明伐纣的目的乃代天行罚，宣布战法和纪律要求，激励战士勇猛果敢作战。

周武王以姜子牙为主帅，统领兵车300乘，猛士3000名，甲士4.5万人，向商军发起挑战。

姜子牙首先以兵车、猛士从正面展开突击，尔后以甲士展开猛烈冲杀，一举打乱了商军的阵势。纣师

论 语

虽众，一看阵脚被打乱，顿时斗志皆无。这时，商军前面的士卒调转枪头指向商军，给姜子牙开路。

周武王见此情景，指挥全军奋勇冲杀，结果，商纣王的10多万大军，当天就土崩瓦解。商纣王见大势已去，在鹿台投火自焚，至此，商王朝宣告灭亡。

周朝建国之后，姜子牙因灭商有功，被封于齐，都城营丘。姜子牙在治理齐国时，强调立功做事，重用有功之人，大力发展经济。他顺应当地的习俗，简便周朝的繁文缛节，大力发展商业，让百姓享受鱼盐之利。

齐国的地理位置靠着沿海，但当时齐国人都是用鱼钩钓鱼，这样费时间，钓的鱼也少。姜子牙便教给他们用渔网打鱼，发展渔业。同时又教给他们晒盐、卖盐，从邻国换取所需要的粮食。此外，他还大力发展手工业、冶铁等。

当其他诸侯国还在费尽心思发展农业时，姜子牙却带领着齐国人从商。

经过一段时间的治理，姜子牙将齐国建设成为一个实力雄厚的商业国家，百姓富足，国家安定，出现

百姓安居乐业的景象，使之成为后来的春秋五霸和战国七雄之一。

据说姜子牙活了100多岁。历代典籍都公认他的历史地位，儒、道、法、兵、纵横诸家都追他为本家人物。因此，姜子牙被尊为"百家宗师"。

## 孔子学生颜回好学

在孔子的众多弟子中，有个叫颜回的。颜回二十九岁时，头发就全部白了，后来又很早就去世。孔子非常悲痛，说道："自从我有了颜回这个弟子，我和学生们就更加亲近了。"

鲁哀公曾经问孔子："你的弟子中谁最好学？"孔子回答说："有个叫颜回的学生最喜欢学习，他从不对别人发脾气，不重复犯一个错误。不幸命短而死了，现在也就没了。我从此就再也没有听说有人喜欢读书了。"

论 语

一次,颜回问孔子:"获得新知识的主要途径是什么?"孔子回答说:"向老师学习,向书本学习,在交往、生活中自学等。"

颜回又问:"还有别的途径吗?"孔子回答:"温故而知新,也就是说,温习已经学习过的东西,可以由此获得新的认识和体会。我之所以提出'温故而知新',是因为新知识的获得与原有的知识是有关系的,温习旧知识有助于获得新知识。"颜回高兴地说:"弟子明白了,我一定按照老师的说法去做。"

## 朱元璋以礼求访人才

明代初期朝廷对百姓的礼仪教化倾注了极大的热情,这在朱元璋身上表现是十分突出的。作为一个开国皇帝,朱元璋从一开始就以礼对待人才,以利于社会的和谐和睦,使大明王朝立于更加稳固的基础之上。

论语

明太祖朱元璋智谋超群,善于发现人才、使用人才和控制人才,这是他作为领袖人物的特殊本领,也是他建立基业的基础。

朱元璋在起兵之初非常注意搜集吸引人才,一再强调贤才是国家的宝贵财富,认为"贤才不备,不足以为治"。朱元璋军队所到之处都贴出招贤榜,声明"贤人君子,又相从立功者,吾礼用之"。

朱元璋率领义军打下徽州时,他手下的大将邓愈便向他推荐说:"大帅您不是一向求访贤士吗?我听说,在徽州一带有一个非常有名的人,叫朱升,他住在休宁这个地方。此人饱览经书,非常有才气。大帅

何不访求他一次呢？"

朱元璋听后非常高兴，立刻就带着邓愈等人前去探访朱升。通过邓愈的带路，一行人很快就来到了朱升的住处。

朱元璋下马亲自去轻叩柴门，不久，一位老人走了出来。朱元璋马上抱拳恭敬地问道："请问，先生莫不是休宁名士朱升？"

老人打量了朱元璋一番，见他气度不凡，戎装佩剑，身边还有兵士，料定他可能是红巾军的将领，便回答道："老朽正是朱升，不知将军尊姓大名？"

邓愈在一旁说："这是攻克徽州的红巾军主帅朱元璋。"

朱元璋马上接道："我本来是个平民，可是当权者欺压百姓，这才举起义旗的。听说先生是有名的学士，今日特来拜访，并叩问大计。"

朱升听说站在前面的竟然是赫赫有名的朱元璋，不禁大为感动，连忙把朱元璋一行引进屋内。

通过从衣食住行、风土人情和国家大事的谈话中，朱元璋发现朱升谈吐不凡，对问题的分析入木三分，而朱升也觉得朱元璋平易近人，胸有大志，颇有将帅气度，不由得感到相见恨晚。

朱元璋问道："以朱老先生之见，当今天下之势，我该如何行事才好？"

通过谈话，朱升已经揣度出来，朱元璋有平定天下的雄心壮志，便沉思片刻答道："以老朽之见，大帅想成大业，要遵循3句话，这就是'高筑墙、广积粮、缓称王'。记此3条，元帅可成大业。"朱升的意思是说，第一要巩固后方扎好根基；第二要发展生产增强财力；第三要缩小目标等待时机。

朱元璋听了，连声赞谢说："先生立言警策，重如泰山！操练兵马，积蓄实力，奖励农耕，积有食粮，讳露锋芒，勿早树敌！先生见识宏远！"

朱元璋回去之后，把"高筑墙、广积粮、缓称王"这三句话作为建立基业的基本方略。他推行屯田，奖励垦荒、兴修水利，振兴农业；清丈土地，建"鱼鳞图册"，防止豪强兼并，建立起坚实的政治基础和经济实力，获得了民心民意。

后来朱元璋做了明王朝的开国皇帝，他不忘朱升

的功劳，请他去朝中做臣。因为朱升年老，朱元璋还免去了朱升每天上朝的跪拜礼节，对他关怀备至。

朱元璋在登基之前，还听说浙江有刘基、宋濂、章溢、叶深4位名士，于是，立时派人带着金银财礼和聘书去请。刘基等4人到建康后，朱元璋亲自赐座召见说"我为天下屈四先生"，十分谦恭诚挚。

朱元璋发现这4个人确实才识过人，当即重用：刘基留在身边谋划，宋濂任命为江西一带儒学提举司的提举，章溢、叶深为营田司佥事，4人各显所长，成为明代的开国元勋。

朱元璋广招人才，不但许多名士被招到身边，而且"由布衣登大僚者不可胜数"。因为他本人也是"崛起布衣"，搜罗人才很有成效，武有徐达、常遇春，文有胡惟庸、刘基、宋濂。

为了得到人才，朱元璋宽大为怀，盘算过元代内部的有用人才，千方百计收为己用，宣布"不以前过为过"的政策，大力招纳前朝人士，对为元代朝廷效过力的人概不追查，量才使用。

张昶在元代是重臣，精于典章制度，朱元璋招来任命为行中书省都事，他向人得意地说："元代送一大批贤人与我，你们可以和他们讨论。"

郭云是元代的武将，忠于元王朝，曾经力抗朱元璋。徐达率领军队扫荡中原时，其他州县望风瓦解，唯有郭云不降。徐达后来抓住郭云，郭云破口斥骂，但求一死。徐达把郭云押到南京，朱元璋赞扬郭云的骨气，立即放了他。

因为郭云是武将，朱元璋觉得让他马上反戈会伤他感情，便命他为溧水知县，不久即提升他为南阳卫之会金事，仍任武职。

秦云龙是元代江南台侍御史，很有名声，战乱时弃官隐居镇江。朱元璋早留心此人，在徐达率军进攻镇江前就交代说："镇江由一个叫秦云龙的，才气老成，入城应该替我寻访他。"

徐达访到后，朱元璋立即派侄子朱文正带金子火速聘请，朱元璋亲自出门迎接，称呼先生而不称呼名字，表示了极大的尊敬。

## 杨士奇处世谦恭礼让

朱元璋以一代帝王至尊,以礼待人树立了典范。榜样的力量是无穷的。朱元璋的处世风格也深深地影响了明代的许多臣子。在这之中,杨士奇就是最为典型的一例。

杨士奇是明代时历任五代王朝的大臣。他没有经过科举考试取得功名,而是通过自学成才,由一个贫苦的寒儒做到了宰相一级。他寒士拜相与他早年的经历和谦恭礼让的处世风格密切相关。

杨士奇年幼时,家庭贫寒,父亲早逝,5岁时随母亲改嫁到罗家。他知

道自己的家世后，常常潸然泪下，私下里用土砖作为神主，每日独自焚香跪拜，祭祀先祖。后来继父从户外窥见他的行动，很受感动，恢复他姓杨。

杨士奇9岁时，继父去世，便与母亲回到老家泰和。当时家庭生活虽然十分贫困，但杨士奇一边劳动，一边刻苦读书，勤勉奋进，立志成才。

幼年的杨士奇不懂得悲伤，也没有时间悲伤，因为他还要跟着母亲继续为了生存而奔走。上天还是公平的，他虽然没有给杨士奇幸福的童年，却给了他一个好母亲。

杨士奇的母亲是一个十分有远见的人，即使在四处漂流的时候，她也不忘记做一件事，就是教杨士奇读书。在那遍地烽火的岁月中，她丢弃了很多行李，但始终带着一本《大学》。杨母慈爱善良，知书达理，常常以他的家世和亲朋邻里的传统美德对其进行教育。

母亲的一言一行，杨士奇都一一记录，汇编成一本《慈训》。

杨士奇学习的时候，专心致志，旁若无人，同学

 论 语

逗他玩耍他毫无所动。放学回家的时候，常常挟书独行，思考问题。师长和亲友都称赞他的学习精神。

杨士奇的外祖父博学多才，看杨士奇是个有心计的孩子，十分器重，悉心培养，从严教导，使他小小年纪对《四书》、《五经》、《左氏传》等著作就能过目成诵，凡属对应句随手拈来。外祖父曾经把江西乡试的题目拿来考他，他对答如流。

有一次，杨士奇和表哥陈孟洁去往沙村拜访刘东方老师。时值冬天，大雪漫天，饮酒正酣，刘东方老师以《雪雾诗》为题，叫他俩赋诗言志。

陈孟洁的诗是："十年勤苦事鸡窗，有志青云白玉堂；会待香风杨柳陌，红楼争看绿衣郎。"

杨士奇的诗是：

飞雪初停酒未消，溪山深处踏琼瑶；
不嫌寒气侵入骨，贪看梅花过野桥。

老师批评陈孟洁的诗低俗，境界不高，十年寒窗，只博得"红楼争看绿衣郎"。而赞扬杨士奇的诗

志趣高远，表现了在苦寒中锻炼成长的美好情怀。

在师友亲朋的勉励下，杨士奇更是发奋读书，学业大进。由于他学识渊博，品行和才干出类拔萃，15岁时就应乡里之聘，开馆授徒。此后，他客居武昌等地，游学教书，并著书立说，受到文人方士的赞誉和赏识，汉阳守令王叔英称他为"佐才也"。

杨士奇平日总是宽厚待人，清廉律己。16岁时，向他拜师求学的学生特别多。当时有一个贫穷的读书人，家有老母而无法奉养，但他没有别的谋生之道，家里还有老人要养，实在过不下去了。

杨士奇主动找到他，问他有没有读过"四书"，这个人虽然穷点，学问还是有的，便回答说读过。

杨士奇当即表示，自己可以把教的学生分一半给他，并将教书的报酬也分一半给他。

他的这位朋友十分感动，因为他知道，杨士奇也有母亲要养，家境也很贫穷，在如此的情况下，竟然还能这样仗义，实在太不简单。

少了一半收入的杨士奇回家将这件事情告诉了母亲，他本以为母亲会不高兴，毕竟本来已经很穷困的

 论 语

家也实在经不起这样的折腾，但出乎他意料的是，母亲却十分高兴地对他说："你能够这样做，不枉我养育你成人啊！"

杨士奇17岁时，姑母全家患疫疾，亲戚邻居不敢接近，而杨士奇每日都去照料，洒扫庭户，煮汤熬药，精心护理，直至全家康复。

杨士奇21岁在章贡琴江书院教书时，与当地县令邵子镜友谊甚笃。有一个商人路过琴江，关吏搜到携带的伪钞，邵子镜怀疑是商人一手伪造，要对其施刑，商人不服。

杨士奇知道这事后，觉得证据不确凿，建议免刑，邵子镜采纳了他的建议。商人感谢不已，以50两银子相送，杨士奇拒不收受。

杨士奇进入官场后，更是对人待物豁达大度，以大局为重，不记私怨。同僚中谁有过错，常常为之掩盖。

明永乐继位后，杨士奇真正得到了重用，他与解缙等人一起被任命为明代首任内阁成员之一，自此之后，他成为了朱棣的重臣。

当时的广东布政使徐奇把岭南的土特产送给朝廷各大臣,唯独杨士奇没有。永乐帝也为他抱不平,而杨士奇毫不介意,并为徐奇辩解:"究竟接受了没有,我现在记不清楚,况且些许土产,定然没有其他的用意。"

自明惠帝以来,杨士奇担任少傅、大学士多年,他在政治、经济上的待遇都已是很可观了。明仁宗即位之后,让杨士奇兼任礼部尚书,不久改兼兵部尚书。

兵部尚书是掌管全国武官选用和兵籍、军械、军令等事务的大官。对此,杨士奇心中却很是不安,向明仁宗要求辞谢,他说:"我现任少傅、大学士等职务,已是到了限度了,再任尚书一职,确实有点名不符实,更怕群臣要背后指责。"

明仁宗劝解说:"黄淮、金幼孜等人都是身兼三职,并未受人指责。别人是不会指责你的,你就不要推辞了!"

杨士奇见君命难违不能再推,就诚心实意地请求辞掉兵部尚书俸薪。但他又说:"兵部尚书的职

务可以担任,工作也可以做,但丰厚俸薪不能再接受。"

明仁宗说:"你在朝廷任职20余年,我因此特地奖赏你才给予你这种经济待遇的,你就不必推了。"

杨士奇再三解释说:"尚书每日的俸薪可供养60名壮士,我现在已经获得两份俸薪都已觉得过分了,怎么能再加呢?"

这时,身旁的另一名大臣顺势插话劝解说:"你应该辞掉大学士的那份最低的俸薪嘛!"

杨士奇说:"要有心辞掉俸薪,就应该挑最丰厚的相辞,何必图虚名呢?"

明仁宗皇帝见他态度这样坚决,又确实出于真心,终于答应了他的请求。

杨士奇平生乐简静,闲暇时闭门读书。居官奉职甚谨,在家里绝不谈公事,朝廷的事就是至亲的人也不让他们知道。

杨士奇在京城为相几十年,妻子却在家乡躬勤家业,以耕作为务。妻子去世后,他十分悲痛,因公务在身未能回去亲自为亡妻举葬，只买一块石板刻上碑文寄回。他61岁时，明仁宗皇帝准备派人去他家乡盖造公宅，并要赐田200亩，杨士奇都婉言谢绝了。

在朝廷中，还有一位同杨士奇一样受到历代皇帝喜爱的大臣叫杨荣。杨荣处事果敢，驻守边防曾屡建功勋，对于守边的将领的才德也了如指掌。守边的将领们每年都选用好马馈送于他，当时已经即位的明宣宗对此也心中有数。

有一次，明宣宗故意向杨士奇问及杨荣的为人，杨士奇不假思索地直说："杨荣通晓守边军务，我不如他。他虽然接受一点边将的馈赠，这只是白玉之瑕，希望皇上不必介意。"

明宣宗说："杨荣曾经在背后数落你的缺点，你怎么反倒为他的过失辩解呢？"

杨士奇说："人人都有不足之处，看人要看正面，不能存有偏见。所以，我希望皇上要像容忍我的过失那样去宽容杨荣。"

明宣宗听后，频频点头，深感杨士奇胸怀之宽

广。这件事，后来被杨荣知道了，他深受感动，对于杨士奇的坦荡为人更为敬佩。

1431年农历七月十五晚上，明宣宗亲临杨士奇住所，看他的居室很破旧，说要为他修理，杨士奇也推辞掉了。随后，明宣宗把东华门外的一座庭院赐予他，他却分出一半与别人同住。

杨士奇之所以能历任明五代王朝的大臣，诀窍只有一个，那就是他为人谦恭礼让，不贪不占，该放弃的坚决放弃，这在封建官场中是难能可贵的。

## 柳敬亭谦恭尊师言

古代数千年来所教化倡导的礼仪之风，也在市井百姓中多有体现。比如明清时期的柳敬亭，尊师重师，把恩师之言当作自己行动的指南，足可见古朴世风的感化作用。

论 语

柳敬亭是明末清初的说书艺人,他原来叫曹永昌,家住江苏泰州曹家庄。由于他好打抱不平,得罪了地方上的恶势力,流浪到外乡。

有一天,他睡在一棵大柳树下,醒来后抓着拂在身上的垂柳枝条,联想到自己的不幸遭遇,就改为姓柳了。他又默然地背诵起南齐谢朓《游敬亭山》的诗,觉得"敬亭"两字可取,便以"敬亭"为名了。

有一次,柳敬亭流浪在江南水乡一个小镇上,看到茶馆酒楼上经常有人说书,便经常去听书,听了后便记在心里。加上自己从小读了不少历史小说,听了不少民间故事,所以也想靠说书来维持

生活。

　　由于不知道说书的方法和技巧,也找不到合适的老师可以求教,柳敬亭只能自己摸索着瞎练一通,效果很不理想,为此也很苦恼。

　　柳敬亭在流浪过程中,偶然听到一位高水平的艺人说书,听后佩服得五体投地。这位说书艺人叫莫后光,柳敬亭诚恳地要求拜他为师。莫后光看到这个青年人诚实可爱,说书也有一定的基础,就举行了拜师礼,做了柳敬亭的师傅。

　　莫后光首先把说书艺术的基本原理和方法讲给柳敬亭,他说:"说书虽然是一种小技艺,也同学习其他技艺一样,非下苦工夫不行。首先要熟悉各阶层的生活和各地的方言、风俗、习惯,然后把观察和收集到的材料,经过反复分析,找到它们的因果关系、发展过程。还要学会对掌握的材料加以剪裁取舍,能够把有用的材料组织得恰到好处。"

　　柳敬亭听了老师的教导后,牢牢地记在心头,决心按照老师要求去做。他白天到处游街串巷,仔细地观察社会上各种现象,对方言俚语特别注意。晚上回家以后，闭上眼睛细细琢磨白天看到的事情，并把它加工、提炼，融化到故事中去，并认真地记在纸上。

柳敬亭这样学习了几个月后，有些关键点还是不能很好地把握，便去找老师莫后光指点。莫后光让柳敬亭说了一段书后，然后指出："现在你虽然能讲出故事，但还没能引人入胜。重要的是时时刻刻要想到怎样把故事说得好，说得动听。"

接着，莫后光告诉柳敬亭说："有时，故事中的情节要从从容容直叙，一路走来，直达胜境；有时，要简洁明快开门见山，一目了然；有时，要增加一些伏笔或悬念，让听众想听个究竟，舍不得离去。总起来，在故事的轻重缓急之间，安排得贴切妥当，件件事交代要有头有尾，扣人心弦。"

柳敬亭听了以后，继续苦心钻研。他经常深入到人们中去和各种人交朋友。在交往中他发现，有许多上了年纪的人说起话来很吸引人，而声音又随故事情节跌宕起伏而抑扬顿挫，感染力很强，尤其是说话时那种胸有成竹的神态，很值得学习。他每天都细心观察、模仿，颇有收益。

过了几个月，柳敬亭又去请教老师。老师听了他说的一段书后，说："你现在进步已经不小了，听的人能聚精会神，但还要精益求精。"老师接着说："说书的人要和故事中的人物打成一片，这样才能在动作、语言、神态上无不惟妙惟肖，活灵活现，使自己成了故事中的人物；才能吸引听众进入故事所表现的境界，连他们也忘了自己，忘了是在听书。这才是说书艺术最理想的境界。"

柳敬亭听了老师这番话，信心更足了，学习也更刻苦了。于是他进一步深入生活，熟悉人们的感情、爱好。他还常常说书给人们听让大家评论，晚上再重新练习一遍，把大家的意见尽量采纳进去。

这样又过了几个月，柳敬亭又去找老师。老师这次听了他说的书后，高兴得连翘大拇指说："你现在已学到家了。还没张口，你已制造了故事中的气氛，等说起来时，听众的情绪就能够不由自主地跟着故事中的人物共鸣起来了。"老师拍着他的肩膀说，"你进步真快啊！真快啊！"

1662年，柳敬亭从淮南随清漕运总督蔡士英北上至北京，演出于各王府之间，和官僚政客接触频繁，而且有了相当的影响。

柳敬亭说的书目，虽取之于现成的小说话本，但并不照本宣科，而是在表演时对原文有很大发挥，形成自己的特色。同时，他以说表细腻见长，改原作内容，从说书艺术的特点出发有增有删。

在语言运用上，柳敬亭不满足于平铺直叙，而是以轻重缓急制造气氛，以形象化的手法描人状物。他还善于在书词中补充社会生活，把自己的经历、见闻、爱憎融于书中。柳敬亭在说书中形成的这些特点，一直为后世评话艺人所仿效。

柳敬亭走遍了大江南北，到处受到人们的热烈欢迎。在豪华大厅的盛大集会之上，在悠闲亭榭的独坐之中，人们争着请柳敬亭表演他的技艺，没有不从内心感到满足的。

柳敬亭虚心求教，谨遵师言，勤于总结，努力实践，终于成为一个有名的评话艺术家。

 论 语

# 为君子儒，无为小人儒

冉求曰："非不说①子之道，力不足也。"子曰："力不足者，中道而废。今女画②。"

子谓子夏曰："女为君子儒，无为小人儒。"

子游为武城③宰，子曰："女得人焉尔乎④？"曰："有澹台灭明⑤者，行不由径⑥，非公事，未尝至于偃⑦之室也。"

【注释】

①说：同"悦"。

②画：划定界限，停止前进。

③武城：鲁国的小城邑，在今山东费县境内。

④焉尔乎：焉尔，意即于此。

⑤澹台灭明：姓澹台名灭明，字子羽，武城人，孔子弟子。

⑥径：小路，引申为邪路。

⑦偃：言偃，即子游，这是他的自称。

【解释】

冉求说："我不是不喜欢老师您所讲的道，而是我的能力不够呀。"孔子说："能力不够是到半路才停下来，现在你是自己给自己划定了界限不想前进。"

孔子对子夏说："你要做君子儒，不要做小人儒。"

子游做了武城的长官。孔子说："你在那里得到人才没有？"

子游回答说："有一个叫澹台灭明的人，从来不走邪路，没有公事从不到我屋子里来。"

孔子极为重视发现人才、使用人才。他问子游的这段话，反映出他对贤才的重视。

 论语

【故事】

## 春秋第一相管仲

管仲(前723年或前716年~前645年),名夷吾,史称管子。生于春秋时期的颍上,即今安徽省西北部,淮河北岸。周穆王之后代,谥号"敬仲",故又称管敬仲。管仲博通坟典,淹贯古今。有经天纬地之才,济世匡时之略。

管仲十分发展注重经济,他反对空谈主义,主张改革以富国强兵。他凭借自己的才能,辅佐齐桓公成为春秋第一霸主。被誉为"法家先驱"、"圣人之师"、"华夏文明的保护者"、"华夏第一相"、"春秋第一相"之誉,对后来

具有巨大影响。

齐襄公在位期间，政治混乱，人民生活困苦，国内矛盾非常尖锐。对此，管仲预感到齐国将发生变乱。于是，他和他的好朋友鲍叔牙拥戴公子小白登上了国君之位。这就是齐桓公。

齐桓公做了国君后，任用管仲为相，并经常向管仲请教国家大事。管仲决心辅助齐桓公成就霸业。齐桓公向管仲请教富国、足民、强兵的策略。

管仲回答说："要使国家安定富强，必须先得民心。要得民心，应当先从爱惜百姓做起。国君能够爱惜百姓，百姓就自然愿为国家出力。"

齐桓公于是问道："百姓富足了，但是兵甲不足怎么办？"

管仲说："兵在精不在多。士兵的战斗力强，就能以一当十。"

桓公又问："兵强了，财力不足怎么办？"

管仲说："开发盐业、发展渔业、发展商业以此增加财源，从中收税。这样，军队的费用就也可以解决了。"

桓公听了非常兴奋,又问:"兵强、民足、国富,是否就可以争霸天下了?"

管仲严肃地说:"还不可以。争霸天下是大事,要制定具体的计划。目前是让百姓休养,让国家富强安定,否则难以实现称霸目的。"

齐桓公对管仲的一套富国强兵、治国称霸的道理十分欣赏。

管仲改革的目的是"富国强兵",他改革的重点在经济方面。首先调整分配关系,以调动农民的生产积极性。为此,他提出按照土地的肥瘠、产量的多寡征税。这种办法使赋税征收很合理,农民也易于接受,也扩大了税源,增加了财政收入。

管仲还主张在发展农业的基础上,积极发展工商业,使两者并举。他利用齐国处在东海之滨的便利条件,发展渔业、盐业,开发山川、林泽,鼓励老百姓放手生产。这些措施使齐国经济繁荣起来。

经过管仲的大力改革,齐国的国力日益强盛,出现了民足、国富,社会繁荣安定的局面,为齐桓公称霸诸侯奠定了坚实的基础。

就在齐国国力增强的时候,当时的周王室日益衰微,周兵在中原与各诸侯混战,周朝的北方边境也遭到外族袭扰,原本安定的环境遭到破坏,经济发展受到严重阻碍。

管仲和齐桓公根据这一形势,一是决定打出尊周王室为天下共主这面旗帜,以号召其他诸侯国;二是主张抵御周朝边境的夷狄入侵,阻止周边各少数民族对中原华夏族的进攻,以博得中原各国的拥护。这两项措施,使得齐国动用武力出师征讨,有了名正言顺的理由。

前684年冬,齐国首先灭掉西邻的小国郯。其后不久,在管仲建议下,齐国又与宋、陈、蔡、邾等国在北杏会盟,商讨平定宋国的内乱。齐国的武力征讨和会盟大见成效。其他各个诸侯国看到齐国逐渐强大,纷纷表示承认齐国的霸主地位,向齐国屈服。

前667年冬,齐桓公又召集鲁、宋、陈、卫、郑、许、滑、滕等国国君在宋国的幽地会盟,几乎全部中原国家都参加进了这次会盟。周天子也派代表召伯参加,并赐齐桓公以侯爵。至此,齐桓公成为名副

其实的霸主。

此后,齐桓公在管仲的辅助下,又多次大会诸侯。据史料记载,齐桓公前后会盟诸侯达11次之多,人们常说"九合诸侯",只不过是说会盟次数多。由此可见齐国在当时是多么强大。

管仲辅佐齐桓公使中原华夏族免于南蛮、北狄的侵扰,表现出杰出的政治家才能。

前645年,为齐桓公霸业立下不朽功勋的管仲病重,齐桓公问以后事:"众臣中谁可以任丞相呢?"

管仲说:"了解大臣的没有人能比得上国君。"

桓公问:"易牙怎么样?"

管仲说:"易牙杀了自己的儿子去迎合国君,不可以任相职。"

桓公问:"开方怎么样?"

管仲说:"开方背叛自己的亲人迎合国君,难以亲近。"

桓公又问:"竖刁怎么样?"

管仲说:"竖刁阉割自己迎合国君,难以亲信。"

但在管仲死后,齐桓公把管仲的忠告置于脑后,最终重用了这几个人。果然就像管仲说的那样，这三人总揽齐国大权，相互勾结，两年后齐桓公也被他们害死。齐桓公和管仲一死，齐国的霸业也就骤然衰落了。

管仲不仅是一位杰出的政治家，而且他又是一位影响巨大的思想家，他的思想也给后人留下了一笔宝贵的财富。

今天留传于世的《管子》，就是后人根据管仲的思想、言论总结出来的。他的以法治国的思想，对后世有深远的影响，有些至今仍有一定的借鉴意义。

## 齐景公虚心纳谏

齐景公爱喝酒，连喝七天七夜不停止。大臣弦章上谏说："您已经连喝七天七夜了，请您以国事为重，赶快戒酒，否则就请先赐我死了。"

另一个大臣晏子后来觐见齐景公，齐景公向他诉

苦说:"弦章劝我戒酒,要不然就赐死他。我如果听他的话,以后恐怕就享受不到喝酒的乐趣了。不听的话,他又不想活,这可怎么办才好?"

晏子听了便说:"弦章遇到您这样宽厚的国君,真是幸运啊!如果遇到夏桀、殷纣王,不是早就没命了吗?"于是齐景公果真戒酒了。

还有一次齐景公心爱的小狗死了。他十分伤心,打算做一副上等的棺木厚葬爱犬,还决定让大臣们给狗举行隆重的葬礼。

晏子阻拦他。齐王不耐烦地说:"这件小事,您就不必管了。这是我想出来的办法,给大家取笑,耍着玩的。"

晏子郑重其事地说:"大王,您错了。现在有多少百姓冻死、饿死,死后无人埋葬,您不去管,反倒有心思和周围的人取乐。这明摆着是轻视百姓,只顾自己吗?百姓听了这件事,必定对您心生怨言,各国诸侯听说了,必定看不起齐国。内有百姓不满,外被诸侯小看,再加上大臣们跟你学开心取乐,齐国灭亡不远了,这难道是小事吗?"

齐景公吓出了一身冷汗,说:"对呀!多亏您提醒了我。狗还是送厨房,炖了吃肉吧!"

## 6岁称象的神童曹冲

曹冲,三国时魏国人,曹操的儿子,公元208年,因病夭折,年仅13岁。自幼聪慧异常。善于动脑。6岁称象,展露超人的智慧。

曹冲是三国时期魏武帝曹操的儿子,小时聪慧异常,善于动脑筋,而且他心地善良,深得曹操的疼爱,常常把他带在身边。

曹冲6岁那年,东吴孙权送给曹操一头大象,曹操很高兴。大象运到的那天,曹操带领文武百官前去观看,曹冲也在其中。

大象是南方的一种动物,北方人很少见到,都感到新奇。

曹操看到这个庞然大物,很想知道它究竟有多

重,就问身边的文武官员:"你们说,用什么办法可以称出大象的重量?"

刚才还振振有词的众官员,一下子变得哑口无言了,四周一片寂静,都感到象的体积太大了,想不出办法来。

过了好一会儿,一个文官说:"做一杆大秤,用房梁那么粗的大树当秤杆,或许能称出大象的重量来。"

于是人们纷纷议论说:"这个方法不行,有了大秤也不行,谁有那么大的力气把秤杆连大象一起抬起来呢?"

这时,曹操帐下的猛将许褚走上前来,大吼道:"有办法了,我把大象用刀砍了,一块一块地称,不就知道象的重量了吗?"

许褚的话一说完,大家"轰"地一声笑了,有人挖苦说:"你这个办法很高明,但是这头珍贵的大象却不见了。"显然人们都不同意他这个办法。

曹冲一言不发默默地站在一旁,紧锁双眉,认真地思索着称象的办法。突然，他走到曹操面前，胸有成竹地道："父亲，孩儿想出办法来了，能称出大象的重量。"

曹操见是自己的儿子曹冲，笑着说：

"冲儿，大人都想不出办法，你有什么好办法，快说说看。"

曹冲叫人把大象牵到河边，对着一条大船说："我们可以把象牵到这条大船上，船一定会下沉，等船稳定下来，让人在船舷边用刀子在齐水面的地方刻上记号。然后，牵下大象，再往船里装石头，等装的石头重量达到吃水的记号时，再称出船里石头的重量，不就是大象的重量吗？"

人们照曹冲的方法，很快称出了大象的重量，曹操异常高兴，称赞曹冲说："冲儿的办法好极了！"在场的官员们无不投来敬佩的目光，夸奖他有超人的智慧。

曹冲不仅聪明，而且心地善良。一天，他跑到马厩来看马。平时常把他放在马背上玩的马倌正低着头伤心地哭。曹冲不知道出了什么事，就忙上前问道：

"你怎么了,哭什么呢?"

马倌惊惧地说:"可恶的老鼠把丞相的马鞍咬坏了。"

曹冲一听,大吃一惊。他知道父亲制定的制度非常严格,对损坏武器装备和马匹的人都要处以严厉的惩罚,甚至被处死。今天损坏的不是别的,而是他自己那副华丽无比、五光十色的锦绣马鞍,看来马倌的性命有危险了。

曹冲很可怜这个马倌,知道他尽到了责任,他为了保管好这副马鞍,把它高高挂在军器库的柱子上,可还是被老鼠咬了,这怎能光怨他呢?"别怕,我去见父亲,听到我的咳嗽声,你再进去禀报马鞍被咬的事。"

说完,曹冲回到自己的房间,用剪刀在自己的衣服上捅了几个小洞,然后走到曹操跟前,哭丧着脸说:"父亲,我向您谢罪来了。"

"冲儿,你一个小孩子家,何罪之有?"曹操不解地问。

"您给我的好衣服,被老鼠咬了好多洞,您惩罚孩儿吧！"

曹操一听哈哈大笑起来："是老鼠咬的，怎能怨人呢？"

曹冲咳嗽了两声，跪下说："谢谢父亲。"

正在这时，马倌抱着马鞍走进来，跪在曹操面前，一五一十地把马鞍被老鼠咬破的事说了一遍。

机灵的曹冲适时重复着刚才父亲那句话："是老鼠咬的，怎能怨人呢？"

曹操听说自己心爱的马鞍被老鼠咬了，心疼极了，但又一想，这不跟冲儿的衣服一样吗？是老鼠咬的，光怨人有何用？于是，笑着说："快起来，治什么罪啊，回去吧。"随即派人去灭鼠。

马倌得救了，他从心里感激曹冲，更佩服他的机智。

公元208年，年仅13岁的曹冲不幸因病夭折了，但他的故事却永远在民间广泛流传着。

 论语

## 张英让墙三尺传美名

我国传统礼仪发展至清代,对于社会生活的各个方面,无不做出详尽的规定,而且礼仪中处处体现着尊卑差别。但就是在这种尊卑差别的大背景下,朝廷重臣张英却能不持尊大,以宽容的胸襟处理家中的邻里之争,足见儒家道德文化的伟大力量。

那是在清代初年,在安徽桐城有一条小巷,巷子里居住着两户相邻的人家。一家姓张,家主张英是文华殿大学士、礼部尚书;另一家姓吴,家主为地方权贵,人称"吴大老爷"。

这两户人家,虽相邻

多年，但并不来往。他们是左邻右舍，各走各的门，各用各的灶，井水不犯河水，倒也相安无事。

谁知这一年，张、吴两家同时大兴土木，翻建房屋，大有彰显荣贵之意。其实这本是各家自己的事，但问题是，这两户人家在翻建房屋时，都要将各自的山墙向外延伸，以扩大房基，结果引发了争吵。你不允我不依，一时间吵得天昏地暗，直吵到县衙老爷那里。

张、吴两家都是有权有势的人家，县衙老爷乃七品芝麻小官，岂敢轻易判决，以致官司迟迟没有结果。

张家因家主官大，见此小小官司竟迟迟无果，不免气愤难忍，没奈何只好给北京当大官的张英写信，并派管家持书星夜赶往京城，禀报在京的张英，希求张英出面干预，以振族威，出掉这口怨气。

远在京城的张英接到家书后，起初确也很气恼，好在他的妻子是一个知书达理的人，知道情况后淡淡一笑，劝丈夫道："相邻相争，只为一墙，何至于如此呢！你是朝廷要臣，官居高位，对此区区小事，应

该大度才是，让人几尺何妨？"

妻子接着说："俗话讲'金厝边、银乡邻，亲帮亲、邻帮邻'，难得邻居，理应互帮互让，何必为蝇头小利争得面红耳赤，打得头破血流，弄个两败俱伤呢？让一点风平浪静，让人三尺，并不是怯懦，而是舍利取福。"

张大人听了妻子的话，也觉得言之有理，顿时息怒，随即付书一封，交管家带回。

张家人接到张英来书，喜不自禁，以为张英一定有一个强硬的办法，或者有一条锦囊妙计。急急地拆开一看，却见书中仅有一首诗。这首诗写道：

千里来信只为墙，让他三尺又何妨？
万里长城今犹在，不见当年秦始皇。

这首《让墙诗》使张家人息怒默语，后来一合计，确实也只有"让"唯一的办法。于是悄悄地将与吴家相邻的山墙拆除，退后3尺。

张家这一举动，使吴家很受震动，心中赞叹张英和他家人的旷达态度。吴家愧疚之余，也主动地将山墙退建3尺。

这样一来，使得张、吴两家宅居间形成了一条6尺宽的巷道。被称为"六尺巷"。

张家自张英以来，家族更是人才辈出，家族6代共出进士13人，其中入翰林者12人。张英长子张廷瓒1679年进士，入翰林，官至詹事府少詹事；次子张廷玉1700年进士，入翰林，官至保和殿大学士，雍正时期设立军机处，最初典章皆出其手，与鄂尔泰等同为军机大臣，而且恩遇最隆。

张英虽居高位，但能弘扬仁义，宣导谦让，主张宽容处世，大度待人，在处理邻里纠纷问题上，选择了以忍谋和、以让求睦，使得张、吴两家化干戈为玉帛。此巷虽宽了6尺，而在他的心胸中又宽了万丈，正所谓"心底无私天地宽"。

"六尺巷"故事已经远去，但这件事远远超出其本意：包容忍让，平等待人，作为中华民族的一种美德，从古至今，源远流长。

论语

## 杨露禅千里拜恩师

清代礼仪涉及的范围广,尊卑差别大,但在尊师这一点上,则是与历史一脉相承。在古人心目中,尊师等同于孝道,有"一日为师,终身为父"之说。在清代武林中,太极大师杨露禅就非常讲究尊师敬师之道。

杨露禅是清代末期武术家,他小时候家世贫寒,酷爱武术,稍大以后,就以卖水、卖土为生。由于天天推车练就了惊人的膂力。

杨露禅在有些功夫之后喜欢同人比试拳脚。

有一次,他给永年城太和堂药店运货,听说店伙计们都练绵拳。绵拳运好气之后不但能借人之力打人,而且能拨动千斤之物。由于他怀疑绵拳威力,便向人家提出比试,药店掌柜出场了。

杨露禅攥紧双拳,一个箭步,扑向掌柜。掌柜双手一迎，身子一闪，便躲过了。杨露禅要打第三拳时，忽觉身子右侧遭受到一种无法抗拒的力量，站立不住，向左倒去。杨露禅从来没被人三拳两拳击倒过，知道遇到了出奇高手，于是慌忙跪下赔礼讨教。

掌柜见他爽直诚恳，便向他讲出来历。原来，这太和堂是河南温县陈家沟陈德瑚进士开的。陈德瑚是绵拳创始人陈玉廷的后代，家有继承先祖拳业的兄长陈长兴。药店掌柜正是陈长兴的弟子。

杨露禅听后，立即再拜，要拜其为师。由于立有祖训，被掌柜拒绝。杨露禅并没有就此灰心。他立即回家，凑足路费，背上行李，星夜奔赴陈家沟。

从永年到温县有近千千米路程，由于求师心切，杨露禅只用了半个月，到了陈家沟，在村子中间打听到了陈德瑚的家。

陈家门前堆放着许多柁檩砖石，一些人正往来搬运木料。杨露禅高兴极了，一路劳累一扫而光。可是他想：人家在修建房屋，怎好意思提起拜师学艺的事呢？还是先帮人家多干点活，待日后再想法求见师父吧！

论 语

这时只听有人大喊："上梁喽！"杨露禅立刻跑上前去，扛起一架大柁登上石阶，走到墙基边，稳稳当当地把大梁放下。

众人见了，齐声喝彩。陈德瑚闻声赶来，仔细端详了杨露禅，然后让人把他叫到账房，收留他当了小工。

陈德瑚把杨露禅只身扛大柁的事告诉了陈长兴。陈长兴怕是武林高手登门闹事，便急忙来到现场，只见杨露禅浓眉大眼，膀宽腰圆，虽年龄不大，却能毫不费力地将几百斤重的大柁搬到肩上，断定他定有功底。于是说了声："好！"接着说，"这位朋友，你能扛动大柁，我能试试吗？"

杨露禅见此人高不到5尺，消瘦干瘪，年近花甲，便说："大柁长有两丈，重有八百，我不费吹灰之力；您年高体瘦，哪能同俺这莽夫相比！"

陈长兴哈哈大笑，说："那咱们就比一比吧！我站在柁头，你如果拉我下来，我就认输！"

杨露禅想：不用说一个瘦老头，就是铜铁罗汉，俺也把他拉下来！于是说："拉不下来，俺就拜您为师。"

陈长兴把绳子系在腰间，另一头扔给杨露禅，一个箭步跳上大柁，说："朋友，拉吧！"

杨露禅用力一拉，没拉动，再一拉，又没拉动。他急了，于是使出了全身力气，身子都要贴到地面了，可是，陈长兴悠然自若，稳如泰山，却眼见着那大柁一点点下陷。杨露禅摇摇摆摆，汗水淋漓。

站在一旁的陈德瑚，担心兄长年老有失，连喊："停，停！"

杨露禅放下绳子，扑倒便拜："敢问大师尊姓

论 语

大名!"

陈德瑚说:"这就是兄长陈长兴!"

杨露禅听了后,激动得落下泪水来,立刻连连叩头说道:"弟子久闻师父大名,不惜跋山涉水登门求艺,万望师父收下弟子吧!"

陈长兴默不作声。陈德瑚说:"兄长,他千里寻师,可见心诚,你就收下他吧!"

众人也七嘴八舌地帮腔,陈长兴却扬长而去。

杨露禅心想:师父收徒弟理应有个考验。我今天能见到师父就已心满意足。只要能让我在这干活,不愁实现不了求艺愿望。从此,陈家里里外外的脏活累活都被杨露禅包了。

一天,杨露禅听人说陈长兴天天深夜在花园里练功,就半夜起床,藏在花园的大槐树上。果然,见到陈长兴来到花园。只见他一招又一招地练了一遍又一遍。练完后,又回到屋睡觉去了。

杨露禅爬下树来,一边打扫庭院,一边琢磨陈长兴的招数。天亮了,众弟子都来跟师父练武,杨露禅也夹在中间。就这样,明学暗练,苦心琢磨不知过了多少天，受了多少累。

转眼到了腊月，长工们结账回家过年。可杨露禅既不结账，也不回家。陈德瑚知道了，觉得奇怪，就问："露禅，你为什么不回家？"

杨露禅说："东家待我实在是好，可有一样，我出来已经一年，连师父都没拜成，哪有脸面回家！"

陈德瑚被他的志气感动，就向兄长替他说出心事。陈长兴听了哈哈大笑道："实不相瞒，我早破例将他收下了！"

杨露禅知道了，立刻跑到上房，喊了一声："师父！"随即"扑通"一声跪在地下。

陈长兴正要扶起，陈德瑚一摆手，说："慢着，往日兄长收徒弟，要先练拳，后推手，再磕头。今天怎么啦？"

陈长兴说："他每天三练功，早已掌握了内家拳的奥妙，成为自己人了！"

陈德瑚说："那就叫他显显身手吧！"

杨露禅知道偷艺的事已被师父识破，只得说："那就请东家和师父指教吧！"他凝神走身，练了一趟

太极架子。陈长兴感慨地说:"他三更看,四更练,五更扫庭院,亮天以后又一遍。别看只学8个月,功勤胜3年!"

除夕,杨露禅在新落成的客厅里正式向陈长兴行了拜师大礼。陈长兴坐上座,杨露禅行三叩首之礼。

接着,师父陈长兴训话,教育徒弟杨露禅遵祖守规,勉励他做人要清白,学艺要刻苦等。陈氏家族相传14代的绝技,从此第一次传给了"外人"。

后来,杨露禅将陈氏拳的招式进行了修改:缩减了高难动作,增加了简易招数。并且创新了器械,创立了太极刀、太极锤、太极枪等,使太极拳得以在各地普及开来。

1872年,73岁的杨露禅逝世。人们对他无比怀念、敬仰,称他为"太极大师"。

# 出不由户

子曰:"孟之反①不伐②,奔③而殿④,将入门,策其马,曰:非敢后也,马不进也。"

子曰:"不有祝鲍⑤之佞,而⑥有宋朝⑦之美,难乎免于今之世矣。"

子曰:"谁能出不由户,何莫由斯道也?"

【注释】

①孟之反:名侧,鲁国大夫。

②伐:夸耀。

③奔:败走。

④殿:殿后,在全军最后作掩护。

⑤祝鮀：字子鱼，卫国大夫，有口才，以能言善辩受到卫灵公重用。

⑥而：这里是"与"的意思。

⑦宋朝：宋国的公子朝，《左传》中曾记载他因美丽而惹乱子的事情。

【解释】

孔子说："孟之反不喜欢夸耀自己。败退的时候，他留在最后掩护全军。快进城门的时候，他鞭打着自己的马说，'不是我敢于殿后，是马跑得不快。'"

孔子说："如果没有祝那样的口才，只有宋朝的美貌，那在今天的社会上恐怕不容易避开祸难。"

孔子说："谁能不经过屋门而走出去呢？为什么没有人走我这条道路呢？"

孔子这里所说的，其实仅是一个比喻。他所宣扬的"德治""礼制"，在当时有许多人不予重视，他内心感到很不理解，所以，他发出了这样的疑问。

【故事】

## 治国经商干才范蠡

范蠡（前536年~前448年），字少伯，又叫范少伯、陶朱公、鸱夷子皮。生于春秋时期的宛地，即今河南省南阳市。著名的政治家和实业家。

他的一生，从楚到越，由越到齐，大起大落。由布衣客到上将军，由流亡者到大富翁，范蠡以其坚韧不拔的毅力和宏远的谋略辅佐勾践兴复濒于灭亡的越国，灭亡称霸诸侯的吴国，创造了扶危定倾的奇迹，以"勇而善谋"、"能屈能伸"著称于世。

前496年，吴国和越国

发生了战争,吴王阖闾阵亡,因此两国结怨,连年战乱不休。阖闾之子夫差为报父仇与越国在夫椒决战,越王勾践大败。

范蠡就是在勾践穷途末路之际投奔越国的。

范蠡向勾践慨述"越必兴、吴必败"的断言,建议勾践要放下尊严,亲自为吴王服务,以便慢慢图谋转机。范蠡被勾践拜为上大夫后,他陪同勾践夫妇在吴国为奴3年。3年后归国,范蠡开始拟定兴越灭吴的计划。

为了实施灭吴战略,范蠡首先决定以美女麻痹吴王。他亲自跋山涉水,访到巾帼奇女西施,把她献给吴王,从而完成了灭吴战略的第一步。

范蠡灭吴战略的第二步,是加强越国的军队建设。他的军事宗旨是:

　　强则戒骄逸,处安有备;弱则暗图强,待机而动;用兵善乘虚蹈隙,出奇制胜。

范蠡辅佐越王勾践20余年,苦身戮力,终于灭吴，成就了越王霸业。当上了霸主的越王勾践，拜灭吴功臣范蠡为上将军。

范蠡很了解勾践，知道勾践是一个可共患难而不能共富贵的人。经过深思熟虑，范蠡还是决定离开。

于是，他给另一个灭吴功臣文种写了一封信说：

高鸟已散，良弓将藏；狡兔已尽，良犬就烹。夫越王为人，长颈鸟喙，鹰视狼步，可与共患难而不可与其处乐，子若不去，将害于子。

留下这封信后，范蠡离开了越国。文种不信范蠡的话，最后终成勾践的剑下之鬼。当然这是题外话。

范蠡离开越国后到了齐国，他更名改姓，耕于海畔，没有几年就积产数十万。齐国人仰慕他的贤能，请他做宰相。范蠡却归还了宰相印，将家财分给他的乡邻，再次隐去。

范蠡来到陶地，看到此地为贸易的要道，可以据此致富。于是，他自称陶朱公，留在此地，根据时机

 论语

进行物品贸易，时间不长，就累积万万。

范蠡发了大财，却把金钱看得很淡薄。

有一次，他的次子因杀人被楚国囚禁，他就派长子带上一牛车的黄金前去探视。

尽管他后来得知次子已经被杀，但还是告诉长子把整车黄金分给楚国百姓。他还把钱财都分散给陶地的穷人和朋友。范蠡能发家致富，又能散财，在人们心目中是难得的活财神。

范蠡作为杰出的政治家和实业家，他在实践当中总结了许多宝贵的经验。他认为：

谷物价格太贱则损害农民利益，农民受损害不努力生产，农田就会荒废。

谷物价格太高则会损害工商业者的利益，工商业受损害无人从事工商业，就会使经济发生困难。

谷价如果低至20就会损害农民，谷价如高至90就会损害工商业。如果把谷价限制在不低于30，不高于80的幅度内，就会

对农业和工商业都有利。

如能这样平抑物价，关卡、市场都不匮乏，这是治理国家的办法。

范蠡的理财思想既可以促进农业发展，又有利于工商业的发展，使国民经济各部门能够协调发展。范蠡试图通过调整价格促进生产和流通，这都是通过经济手段而不是通过行政命令。范蠡不愧是我国古代治国理财的杰出人物。

## 宰相的典范子产

子产（？～前522年），名姬侨，字子产，又字子美，世称公孙侨、郑子产。生于春秋后期的郑国，即今河南省新郑市。著名的政治家和思想家。

他的政治主张在当时的郑国，发挥了极其重要的作用，在我国的历史上也影响深远。后世对其评价甚

高,将他视为我国历史上宰相的典范。子产没有著述传世,他的言行事迹,主要载于《左传》、《史记》等书籍。

子产在公元前554年被郑简公立为卿,执掌郑国国政,是当时最负盛名的政治家。子产没有著述传世,他的言行事迹,主要记载于《左传》、《史记》等书籍。

子产的治国功绩主要体现在法律上,他做了两项重要的工作,一是公布成文法;二是提出"宽猛相济"的策略。

前536年,子产把自己所制定的成文法铸在鼎器上,开创了古代公布成文法的先例。成文法是子产根据法定程序制定发布的具体系统的法律文件。

子产在历史上第一次公布了成文法,让普通百姓也能了解到法律的具体条款,这实际上就否定了法律的神秘性，其意义是显而易见的。

"宽猛相济"是子产提出的法律实施策略。"宽"强调道德教化和怀柔；"猛"强调严刑峻法和暴力镇压。

后来，儒家主要继承和发展了"宽"的思想，法家主要继承和发展了"猛"的思想。由此可见其影响。子产的宽政在郑国收到了很好的效果。

在当时，郑国人到乡校议论执政者施政措施的好坏，对于这种情况，郑国大夫对子产说把乡校毁了。

但子产说："人们早晚干完活儿回来到这里聚一下，议论一下施政措施的好坏。他们喜欢的，我们就推行；他们讨厌的，我们就改正。这是我们的老师，所以不同意毁掉它。"

子产主张借助乡校让老百姓无所顾忌、畅所欲言地议论统治者。当时郑国大夫对子产的见解很是佩服。就连同时代的孔子知道了子产的这番话，也佩服子产的气魄和胸襟。

子产也注重"猛"的一面。他曾经对子太叔阐述自己的观点：只有道德高尚的人能够用宽厚的政策使

民众服从，其次的政策没有比严厉更有效的了。

比如火势猛烈，人们望见它就害怕，所以很少有人死于火。水性柔弱，民众亲近并和它嬉戏玩弄，所以死于水的人就很多，因此宽厚的政策，实施的难度要大。

子太叔开始时不忍采用严厉的政策，结果郑国出现了很多盗寇。他后悔没听子产的话，于是改变策略，盗贼活动才得以平息。

据说，子产病故后，因他一贯廉洁奉公，家中没有积蓄为他办丧事，他的儿子和家人只得用筐子背土在新郑西南陉山顶上埋葬他的尸体。

消息传到郑国的臣民耳中，大家纷纷捐献珠宝玉器，帮助他的家人办理丧事。子产的儿子不肯接受，老百姓只好把捐献的大量财物，抛到子产封邑的这条河水中，悼念这位值得敬仰的人。

珠宝在碧绿的河水中放射出绚丽的色彩，泛起金色的波澜，从此这条河被称为"金水河"，这就是现在郑州市的金水河。

## 文彦博识人辨人品

文彦博,字宽夫,北宋时期政治家、书法家,世人尊称为"贤相"。长安的石才叔家里,收藏有唐代书法名家褚遂良亲笔写的《大唐三藏圣教序》。文彦博在长安做官时,向石才叔借来一字一字地看,越看越喜欢。于是,他叫家里的后生临摹了一本。

一天,文彦博设宴招待幕僚、部下和客人。他把石才叔也请来了。在席间,文彦博把两本《大唐三藏圣教序》拿来,说:"这两本都是《大唐三藏圣教序》,一本是真本,另一本是临摹抄本。现在请你们辨认一下,哪一本是真的,哪一本是临摹的。"

听说是褚遂良的字,在座的人都围观起来。众人中能够鉴别出真伪的不在少数,却都说文彦博叫人临摹的是真品。反而说石才叔那本是手抄的。

文彦博把疑问的目光投向石才叔。石才叔没有对

论 语

此作一句辩白,只是笑着对文彦博说:"今天我才知道自己地位的低下。"

文彦博哈哈大笑:"我这本才是临摹手抄的呀!"

那些拍马奉承、口是心非的人,一个个羞红了脸。

## 弘扬儒学的大师朱熹

程颢、程颐的三传弟子李侗的学生朱熹,是南宋时期著名的理学家、思想家、哲学家、教育家、诗人,闽学派的代表人物,世称"朱子",是孔子、孟子以来最杰出的弘扬儒学的大师。

朱熹承北宋周敦颐与"二程"学说,创立宋代研究哲理的学风,称为"程朱理学"。

朱熹受教于父,从小聪慧过人。刚能够说话时,父亲指着天告诉他说:"这就是天。"

朱熹则问:"天的上方有什么?"父亲觉得十分

惊奇。

他勤于思考，学习长进，8岁便能读懂《孝经》。入学跟从老师读书，老师教他读《孝经》，他看过一遍，就在书上写道："不能像这样去做，就不能算作一个人！"可见他立志做个尊孝道的人。

他曾经和一群小孩子在沙上玩耍，独自一人端端正正坐着用手指在沙地上画，别人一看，原来是一幅八卦图形。

朱熹10岁时父亲去世，其父好友刘子、刘勉子、胡宪3人皆是道学家。当时的道学家一部分排佛，一部分醉心学佛，他们皆属后者。因此朱熹既热衷于道学，同时对佛学也有浓厚兴趣。

1147年，18的朱熹参加乡贡，据说就是以佛学禅宗的学说被录取的。主考官蔡兹还对人说："吾取一后生，三策皆欲为朝廷措置大事，他日必非常人。"

第二年考中进士,被派任泉州同安县主簿,从此开始仕途生涯。

朱熹在赴任途中拜见了著名的"南剑三先生"程颐再传弟子李侗。后来朱熹向李侗求学,为表诚意,他步行几百里从崇安走到延平。李侗非常欣赏这个学生,替他取字"元晦"。从此,朱熹开始建立理学这一套客观唯心主义体系。

在宋金关系紧张之际,宋孝宗在广大军民要求的压力下,起用了抗战派张浚,平反了岳飞的冤案,贬退了秦桧党人。这时,朱熹上奏皇上,提了3项建议:一是讲求格物致知之学;二是罢黜和议;三是任用贤能。

在奏章中鲜明表达了他的反和主张。这一奏章使朱熹得幸被召。

宋金关系暂时缓和后,朱熹便一头钻进理学中去了。他在故里修起"寒泉精舍",住此10余年,编写了大量的道学书籍,并从事讲学活动,生徒盈门。这一期间他对朝廷屡诏不应。

1178年朱熹东山再起,出任"知南康军"。赴任后，兴利除弊，正值当地一年不下雨，他十分重视赈济灾荒的措施，很多百姓得以保全性命。

事情结束后，朱熹上表请求按照规定的标准奖赏献粮救灾的人。他还经常到州郡的学校去，召集学生给他们讲学。当时浙东发生大饥荒，宰相王淮上书请求改任朱熹为提举浙东常平茶盐公事，要求他当天轻车前往就任。

朱熹就任后，立刻给其他州郡写信，召集米商，免除他们的商税。等他到达浙东，外地商船运来的粮食已经聚集了很多。

朱熹每日察访民情，到州县巡行考察，单车独行，不带随从，所到之地，人们都不知道他的身份。一些郡县的官吏害怕他的严峻作风，有的甚至弃官离去，辖区之内，秩序肃然。所有丁钱、役法这类规定条款，如对百姓不利，他全部整理出来加以革除。

朱熹在赈济灾荒之余，还按照实际进行规划，一定为百姓做长远的打算。皇上对朱熹的工作大为赞赏，说他的政绩"大有可观"。

朱熹尽管重新入仕，却未忘自己的学者身份。在

庐山的唐代诗人李渤隐居旧址,建立"白鹿洞书院"进行讲学,并制定一整套学规。

朱熹制定的学规是:"父子有亲、君臣有义、夫妇有别、长幼有序、朋友有信"的"五教之目";"博学之,审问之,谨思之,明辨之,笃行之"的"为学之序";"言忠信,行笃敬,惩忿窒欲,迁善改过"的"修身之要";"政权其义不谋其利,明其道不计其功"的"处事之要";"己所不欲,勿施于人,行有不得,反求诸己"的"接物之要"。

这个"白鹿洞书院"后来成为我国著名的四大书院之一,而其"学规"则成为各书院的楷模,对后世产生了巨大影响。

1181年秋浙东饥荒,朱熹由宰相王淮推荐任提举两浙东路常平茶盐公事。到职后,他微服下访,调查时弊和贪官污吏的劣迹,弹劾了一批贪官以及大户豪右。他不徇私情,牵连攻击了王淮等人。于是,王淮指使人上书抨击理学。

另外,朱熹以道德文章名震朝野,也引起有些人的忌妒,这些人乘机群起攻击,诬朱熹理学为"伪

学",以至于朱熹被罢职回乡。

朱熹在回乡途中,路过一个叫山下村的地方。那天骄阳当空,盛暑难当,朱熹也走得口干舌燥,双脚发软,瞥见路口开一片茶馆,忙走进茶馆坐在板凳上,"呼哧呼哧"直喘气。

这茶馆旁边一棵大榕树,枝干苍虬,绿叶如盖,清风飒然,令人神清气爽,是纳凉的好地方。朱熹口啜香茗,开襟纳凉,浑身舒坦,连日的困顿疲劳消除了大半。

茶馆的主人是个年近半百的妇女,膝下仅有一个八九岁的男孩,是她在下山的路上生的,因而取名"下山"。

这下山自幼好学,终日手不释卷。朱熹是一个大儒,自然喜爱读书郎。他沉吟一会儿,从身上摸出一枚铜钱,笑着吩咐道:"替我办9种下酒菜来。"

女主人接铜钱在手,心里有些忐忑:不办吧,得罪了客官;办吧,区区一枚铜钱如何端出9样菜?怔怔地愣在那里,脚像生了根似的提不起来。

下山见母亲受窘,抓起铜钱说:"娘,我有办

法!"说完如飞一般出了茶馆。不一会儿,只见他攥着一大把韭菜,喜眉笑眼地站在朱熹面前。

朱熹见状,忙把下山搂在怀里,抖动着花白胡须,高兴得流出泪水。

原来,韭菜的"韭"与"九"同音,朱熹醉翁之意不在酒,在于验证下山的才学,不料聪慧的下山即刻猜中了哑谜,怎不使朱熹兴奋激动呢!

朱熹在茶馆住了一夜,第二天带走了下山,悉心教授。下山悟性极高,不负师教,后来高中进士,官拜两浙提刑官。

下山官高爵显,举家北迁临安,他为感激朱熹提携教诲之恩,于是,在茶馆原地修起一座"朱子祠",奉供朱熹牌位。春秋两季,乡人顶礼膜拜,遗迹至今尚存。

朱熹解职后,在武夷山修建"武夷精舍",广召门徒,传播理学。为了帮助人们学习儒家经典,朱熹从儒家经典中精心节选出《大学》、《中庸》、《论语》、《孟子》"四书",并刻印发行。这是教育史上的一件大事。"四书"影响深远,后来成为封建教育的教科书，使儒家思想成为全面控制中国封建社会的思想。

朱熹后来受当时南宋宰相赵汝愚推荐，当上焕章阁待制兼侍讲，即皇帝的顾问和教师。朱熹为刚即位不久的南宋宁宗进讲《大学》，每逢双日早晚进讲。

朱熹注重自己的一言一行符合礼仪规范，即使在日常生活中也中规中矩。朱熹平日家居的时候，每天天色还没有亮，就起来了，穿好衣裳相连的制服，戴了幞头，穿上方头鞋子，到家庙里和先圣神位前去跪拜。行了礼以后，退回到书房里，几案必定摆得很正，一切书籍器用，必定也是整整齐齐的。有时候疲倦了休息，就闭着眼睛端端正正地坐着，休息完了起来，就迈开脚步慢慢地走。

朱熹的威仪和容貌举止的法则，从少年时直至老始终没有放弃。

朱熹的一生志在树立理学。1200年农历三月初九，朱熹在建阳家里去世，享年71岁。临终前还在修改《大学诚意章》，可见他是如何矢志于树立自己的理学。

朱熹做学问，主张深入探究事物的原理，掌握其内在规律，并自我检束，将理论运用到实践中去。他曾说过，古代圣贤思想学说流散在典籍之中，由于圣贤经书的宗旨没有阐明，圣贤思想学说的传授也就含混隐晦。于是，他殚精竭虑，深入探究圣贤的思想准则。

朱熹在从事教育期间，对于经学、史学、文学、佛学、道教以及自然科学，都有所涉猎，而且著作广博宏富。他所写的书在世上广泛流传。

朱熹去世后，朝廷把他为《大学》、《论语》、《孟子》、《中庸》作注的书作为学校的教材。

作为宋代新儒学代表人物，朱熹继承了孔孟儒家的修身思想，并在新的历史时期加以发展。在重视和提倡修身的同时，亦强调把修身落实到笃行上，主张修身之要在于实际去做，而非空谈心性修养。

朱熹的修身思想把穷理与修身相结合，使儒家修身思想具有了新时期的时代内涵。同时，更把修身与穷理并列为世间根本之法。他说："世间万事须臾变

灭,皆不足置胸中,唯有穷理、修身为究竟法耳。"表明他对修身的重视。

朱熹穷理修身的思想通过注解儒家经典主要是"四书"体现出来,这与当时的经学转型相关。他对"四书"十分重视,以"四书"义理之学取代"六经"训诂之学在经学史上的地位。他的理论建树,为我国古代儒学思想增添了新鲜的内容,丰富了修身的内涵。

## 陆九渊的自我道德修养

紧随朱熹之后,陆九渊开启了宋明两代主观唯心主义"心学"之先河。他与朱熹齐名,被史界称为"朱陆",被后人称为"陆子"。

陆九渊,书斋名"存",世人称"存斋先生",因其曾在贵溪龙虎山建茅舍聚徒讲学,因其山形如

象,自号象山翁,世称"象山先生"、"陆象山"。他在"金溪三陆"中最负盛名,是我国著名的理学家和教育家。

陆九渊认为,孜孜于自我之道德修养,然后治理好家庭与家族,这正是所以能立国平天下之基础。他曾经说:

> 明父子君臣夫妇昆弟朋友之节,知正心修身齐家治国平天下之道。以事父母,以和兄弟,以睦族党,以交朋友,以接邻里,使不得罪于尊卑上下之际。

在此基础上,人们才可以进一步去读史书,去知晓治国之方略。

陆九渊是这样说的,也是这样做的。他自幼秉承良好家教，一生致力于创立学派，从事传道授业活动，勤于政务，造福一方，履行了一代大儒修身治国的誓言。他出身于一个九世同居、阖门百口的封建大家庭。陆氏家风，笃实严谨。陆门治家严格执行宗法伦理，同时，也靠家庭成员发挥各自的积极性、主动性，各尽其能，各供其职。

生在这样的家庭氛围中，从小耳濡目染，长大成人后亲自管家，这样的生活经历对于陆九渊形成对社会国家的参与意识会有很大影响。而这就是他的学问起点。

陆九渊出生时，其父陆贺因儿子多，打算让乡人收养，长兄陆九思的妻子刚好生有儿子陆焕之，陆九思即令妻乳陆九渊，而将自己的儿子让别人奶喂。陆九渊后来对兄嫂如事父母。

陆九渊自幼好学，他的好学不在于博览，而表现在善于思考上。三四岁时，他曾向父亲发问："天地为什么没有边际呢？"

父笑而不答，他竟为这个问题费尽思索而至废寝忘食。

论 语

陆九渊13岁时,曾经对自己少儿时思考的问题忽有所悟。有一天,他读古书读到"宇宙"两字,书中说"四方上下曰宇,往古来今曰宙",于是他忽然省悟,原来"无穷"便是如此啊,人与天地万物都在无穷之中。他提笔写下:"宇宙内事乃己分内事,己分内事乃宇宙内事。"就是说他从"宇宙"两字,悟得了人生之道。

陆九渊立志要做儒家的圣人,而他以为,做圣人的道理不用别寻他索,其实就在自己心中。对宇宙无穷与对圣人之心广大的顿悟,使陆九渊进入了一种新的人生境界。

陆九渊34岁中进士,先任隆兴建安县主簿,后改建安崇宁县。大约10年后,他被荐为国子正,不久,又迁敕令所删定官。后来他被差管台州崇道观,因这只是个管理道观的闲职,于是他便归江西故里讲学,汇集了四方学者。

多年的探索及教学积累的经验,使陆九渊形成了自己的"心学"思想,并积极与当时很多著名的思想家进行讨论。

1145年4月,陆九渊与朱熹在江西上饶的鹅湖寺会晤,研讨治学方式与态度。朱熹持客观唯心主义观点,主张通过博览群书和对外物的观察来启发内心的知识;陆九渊持主观唯心主义观点,认为应"先发明人之本心然后使之博览",所谓"心即是理",无须在读书穷理方面过多地费工夫。

双方赋诗论辩。陆指责朱"支离",朱讥讽陆"禅学",两派学术见解争持不下。这就是史学家所说的"鹅湖之会"、"鹅湖大辩论"。

鹅湖之会是我国古代思想史上的第一次著名的哲学辩论会。朱、陆双方辩论的"为学之方",表现出朱熹与陆九渊在哲学上的基本分歧点,曾对明清两代思想的发展产生了一定的影响。

1190年,50岁的陆九渊被任命为荆湖北路荆门知军。次年农历九月初三,陆九渊千里迢迢从江西到荆门上任。

陆九渊走马上任的第一件大事就是整饬边防,严肃军纪,加强抵御金兵犯境的能力,修筑了著名的荆州城墙。这种心理素质,这种献身的精神,这

种大义凛然，为国分忧的气概，实在是儒学思想家的典范。

陆九渊上任后另一件带有根本性的大事，就是兴建军学、贡院、客馆、官舍，改善军政建设，树立政府形象，使荆门地方官员精神面貌有了重大的改变。

在此之前，荆门官员惰性成习，人人都以办公差为耻，官吏只是喜欢装扮面子。为了改变官吏好逸恶劳的坏习惯，陆九渊躬身劝督，以身作则，把哲学思想贯彻到具体的政务之中，采取思想启迪的办法，自上而下，打造朴实厚道的民风。

在行政管理上，陆九渊不仅仅是经验丰富，所有军政大事有缓有急，有条不紊，次第展开。其中成功的原因，就在于他始终将军务政事都涵盖在他的哲学思想的理论框架之中。

陆九渊根据当时的社会历史环境和行政管理体系，认为只有从官员抓起，"任贤，使能，赏功，罚罪"，把官员的精神面貌振作起来，全社会的"人心"才有"正"的可能。"政者，正也"，这是先秦

时期儒家孔子的祖训，陆九渊可谓深得其中精神。

陆九渊认为自己"生于末世"。"末世"的最大特点就在于士大夫的志向以文取仕，以至于一些士大夫苟且偷安。由于陆九渊出生、成长于一个钟鸣鼎食的大家族里，各种家务、商务活动使他精通事物，因而能够将儒家传世经典的要义从亲身实践中体现出来，通过"料理得人"，取得了"正人心"的最好效果。

1193年初，陆九渊在荆门病逝，棺殓时官员百姓痛哭祭奠，满街满巷充塞着吊唁的人群。出殡时，送葬者多达数千人。他去世后，谥为"文安"。陆九渊以"心即理"为核心，创立"心学"，强调"自作主宰"，宣扬精神的能动性作用，其"修其本心、存心去欲"的思想学说独树一帜。

后人对这一思想学说进行了充实、发挥，明代王阳明发展其学说，在知与行的关系上提出了"知行合一并进"的观点，成为我国哲学史上著名的"陆王学派"，对我国理学产生深远影响。

# 质胜文则野

子曰:"质①胜文则野②,文胜质则史。文质彬彬③,然后君子。"

子曰:"人之生也直,罔④之生也幸而免。"

子曰:"知之者不如好之者,好之者不如乐之者。"

子曰:"中人以上,可以语上也;中人以下,不可以语上也。"

【注释】

①质:朴实、自然,无修饰的。

②野:此处指粗鲁、鄙野,缺乏文采。

③彬彬:指文与质的配合很恰当。

④罔:诬罔不直的人。

【解释】

孔子说:"质朴多于文采,就像个乡下人,流于粗俗;文采多于质朴,就流于虚伪、浮夸。只有质朴和文采配合恰当,才是个君子。"

孔子说:"一个人的生存是由于正直,而不正直的人也能生存,那只是他侥幸避免了灾祸。"

孔子说:"懂得它的人,不如爱好它的人;爱好它的人,又不如以它为乐的人。"

孔子说:"具有中等以上才智的人,可以给他讲授高深的学问,在中等水平以下的人,不可以给他讲高深的学问。"

【故事】

## 孔子师徒要马

传说孔子在周游列国的时候,有一天,天将近中午的时候,孔子和他的弟子们又困又乏,就在路边的树阴下休息。孔子和弟子们又开始谈诗论道，谁也没有注意到他们的马饿急了，挣脱缰绳，跑到旁边的田地里啃起了庄稼。

等到孔子他们要启程时才发现马没有了。这时，马已经啃倒了一大片庄稼。农夫发现后，便将马牵走了。

子路自告奋勇前去要马。他用手一指，大声喝道："小子，你凭什么把我们的马牵过去？快还给我们。"说话间，子路瞪眼握拳，农夫挥起锄头，两个人就要打架。

子贡见了，便急忙跑去，向农夫作了个揖，不停地道歉，长篇大论地和农夫讲道理，可是农夫根本就不听。

这时孔子让跟车的马夫去。马夫走过去说："大哥，我的马拉车至此，快要饿死了，你的地是如此宽广,我的马怎么能不吃你的庄稼呢?"那个农夫听了高兴地解开疆绳,把马交给了马夫。

孔子含笑登车,对垂头丧气的子贡说:"你虽然口才出众,辩才过人,但你那都是应酬王公贵族的,对于粗野质朴的农夫,你就是外行了。"

诚实为官的李固言

唐代儒生以文化和思想的传承与创新为己任,继承和发展了先秦时期对诚信之德的阐释。他们不仅自觉地将诚信视为士大夫必备的道德操守,并将其作为为人处世的基本准则。唐代儒生以诚交友、诚信为官现象比较普遍。唐代中期的儒生李固言就是其中之一。

李固言出身低微,自幼勤奋好学。他为人又忠厚老实,有一年去参加京试住在表亲柳家。柳家的表兄弟们和他闹着玩,偷着写了"此处有屋出租"的字条贴在李固言的头巾上。李固言自己一点不知道被兄弟们贴了纸条,他出门时,看见的人都偷着笑。

在当时,来京城考试的举子为求登科,有"行卷"之说,即将自己的佳作呈教于达官贵人,求他们

赏识，提高声誉，以便中第。李固言想拿自己的文章去求教人，就跟柳氏兄弟商量。柳氏兄弟就带他到一个地位比较低的官员许孟容的住地，让李固言进去求见。

许孟容说："我是个闲官，没能力帮你。但是，你的心意，我记在心里。"许孟容又看到李固言头巾上的纸条，知道他忠厚，是被同龄人取笑了。

后来，许孟容升了官，当了科举考试的主考官，李固言参加考试。许孟容原来就知道李固言忠厚，现在又见他的文章不但文笔流畅，而且见解独到，就把李固言选为科举考试的状元。

李固言任华州刺史时，严惩奸吏，打击地方豪强。他处事认真不谋私利，不为亲友谋官。为政不计亲疏，主张任人唯贤。任河中节度使期间，也积极革除弊政。

李固言有口吃的毛病，平常不善言辞，然而每每议事论政则头头是道，很有条理。

唐文宗李昂执政时期李固言在朝廷做官。当时身处牛李两党争斗之中，他既要明哲保身，又要与邪恶势力争夺实属不易。

牛党头面人物李宗闵、牛僧孺等大都是科举正途出身，对新进士特别重视，而李固言又是赵郡李姓的世家子弟，与李党代表人物李德裕同宗。因此，他既是牛党拉拢的对象，又是李党乐于接纳的对象。

李固言身在朝廷仍然保持自己诚实耿直的本性，不像其他官员处事那么圆滑。他心里怎么想的就怎么说，从不做不诚实的事情。有一次，唐文宗让李固言颁布诏书，内容是让降职的官员王堪去做太子的宾客，辅佐太子。可是李固言手捧诏书，站立不动。

皇帝觉得很奇怪，就问他："爱卿，你还有什么事吗？"

李固言思虑说："陛下，臣以为此事有些不妥。"

唐文宗很不高兴地说："有何不妥！事情已经决定了，你宣读诏书就是了。"

李固言仍然没有宣读诏书，他想如实地对皇帝说出自己的想法，但本来就有些口吃，一着急，不知怎样表达自己的意见才好。

唐文宗看李固言仍不肯宣读诏书，就自己生气地

论语

离开了朝堂。

李固言回去后,写了一份奏折给皇上,意思说,太子是未来的接班人,应该由有贤德的大臣陪伴,被降职的大臣不适合做太子宾客。

皇上看了,觉得很有道理,就把王堪改任了。

还有一次,群臣议事,唐文宗皇帝突然问文武百官:"朕听说有些州县官员不称职,这事是真的吗?"

众大臣不知皇上心里想的是什么,又怕得罪人。虽然知道确实有些州县员不称职,但是没人敢说。有的说没有,有的说这是谣传,有的则低头不说话。这时,李固言站出来说:"启禀圣上,臣得知确有此事,而且邓州刺史李堪,随州刺史郑襄尤其不称职。"

李堪是朝中大臣郑覃举荐的,郑覃怕李堪的失职对自己不利,就马上站出来辩解:"微臣了解李堪的为人。再说管理那么多事情,有些疏忽是难免的。"

李固言还想说话,但是唐文宗把话题引开了,谈起别的事来。

其实,唐文宗知道李固言是个诚实人,不会胡说,是郑覃怕受责备才巧言狡辩。可是他怕朝臣之间闹矛盾，不利于国家，就没再追问下去。李固言的诚实却记在了唐文宗的脑子里，不久就提拔了李固言，让他做尚书右丞。

诚实的李固言靠自己的功绩连连高升，后为太子少师、东都留守、太子太傅。他出将入相，历任4朝，去世后被追赠为太尉。

## 李沆行事光明磊落

古代诚信知报思想发展至宋代，随着北宋理学的开创，促进了儒家诚信知报伦理道德的新发展，在社会生活的方方面面产生了极大影响。而北宋真宗时的李沆，在做人之道和为政之道方面光明磊落，说真话，做实事，不虚伪，体现了真实不欺的美德，堪称这一时期的典型人物。

李沆是宋真宗赵恒最早的宰相之一。他在宋太宗赵匡义时就得到了重视，宋太宗称"李沆风度端凝，

论 语

真贵人也"。

　　李沆是很受宋真宗信任的一位大臣,常常有机会单独和皇帝讨论国家大事,但是他从来没有向皇帝报告过其他人的隐私。他在皇帝面前怎么说,在朝廷上照样也怎么说,从没做过当面一套,背后一套的事情。

　　有一回,李沆和另一位大臣发生了意见分歧,起因是对一位官员的处罚问题。这个官员在宋朝与西夏国的战争中,未能将粮草及时运到军中,按军令该斩。李沆听说后,对事情做了一番调查,认为应该免

这人的死罪。

　　李沆在朝廷上据理力争,他说:"此人失职的真正原因是有人故意延误发粮时间嫁祸于他。就算他有一定的责任也不该判死罪,何况此人很有才干,而且一向勤勉谨慎,功大于

过，杀了他是国家的一大损失。"

另一位大臣却认为："无论责任大小都应该斩首，这样才能严明法纪，警示他人。"

李沆和这位大臣各抒己见，争得面红耳赤，谁也没能说服谁，只好把此事送交刑部再去研究。

同李沆争论的这位大臣平时就对李沆不满。经过这次争论之后，他更是怀恨在心，认为李沆是故意和自己过不去。

这位大臣为了报复，就派人四处散布说："李沆和犯罪的官员有交情，所以徇私枉法，包庇坏人。"他还暗地里向宋真宗告了一状，说李沆不仅目无朝廷法纪，而且一向独断专行，连皇上的话也不怎么听。

与此同时，李沆忙于公务，早把争论的事忘记了。所以，尽管朝中议论纷纷，他却根本不知道。后来，有人提醒他防备暗算。他听后笑了笑说："我诚实办事，诚实对人。既然问心无愧，怕什么暗算！"

再说宋真宗，他对李沆的人品还是比较了解和信

 论 语

任的。听了那位大臣的密报之后,他半信半疑,很想听听李沆这一方面的意见。这天下朝之后,他吩咐太监把李沆叫到偏殿。

李沆来到以后,宋真宗身着便装,神态安闲地叫李沆坐下,还叫太监上茶。李沆知道皇上又要单独和他谈论政事,心情也轻松下来。果然,宋真宗同他谈起近来边防上的战事。说着说着,宋真宗话锋一转,突然问起对那个官员的处罚来。

李沆没有准备,愣了一下,说道:"此事臣已经有详细的奏报送上来。陛下还没有看过吗?"

宋真宗不动声色地说:"朕只是想亲自听听你的陈述。"

李沆把自己的意见讲了一遍,然后又强调了这人的才干,说眼下正是国家用人之际,应该给他一个将功补过的机会。李沆陈述完,见宋真宗似乎还想听下去,便问道:"陛下还有什么想了解的吗?"

这一问倒把宋真宗问得愣了一下,他说:"你的意见都讲完了吗?是否还有什么不便说的,尽管说吧!"

李沆答道:"臣的想法都说了,此事就请陛下裁断吧!"

宋真宗沉吟了一下,说道:"你看某某这人怎么样?"宋真宗指的就是那个告李沆状的大臣。

李沆认真地答道:"此公有宰相之才,唯有一点缺憾,就是气量狭窄。但还算是一位称职的大臣。"

宋真宗说:"好吧,那你先回去吧,那件事待朕再斟酌一下。"

李沆刚起身要走,宋真宗忽然又问了一句:"其他大臣都曾向朕密奏过事情,你为何从没有过密奏呢?"

李沆答道:"臣以为我身为朝廷大臣,所做的都是朝廷上的公事。既然是公事为何不能公开在朝堂上讲而要密奏呢?凡是需要密奏的事情,我看除了为国家除掉谋反的奸臣之外,大都有不可告人的动机。臣一向反对这样的行为,怎么敢学着去做呢?"

宋真宗听后没说什么,挥挥手让李沆退下。

李沆走后,宋真宗站在那里,沉思一会。他想:像李沆这样一个诚实正派的人,是决不会徇私枉法

的。看来，我对那些打秘密报告的人倒是要警惕一下呢！

在封建时代，皇帝周围的大臣在奏报公事之外，往往还要私下里向皇帝秘密报告一些事情。从皇帝方面来说，是想通过这些秘密报告掌握宫内外的一切动态，监视大臣们平时的言行和人品；从大臣们的方面来说，这样做除了可以打击自己的政敌，达到自己的政治目的以外，还能够以此来赢得皇帝的信任和宠幸。

这些秘密报告的内容一般都是别人私下里的言谈举动。它们有时能够起到揭露阴谋、打击权贵的正面作用，但在更多的情况下，却成了陷害他人，抬高自己的一种手段。

李沆从不做密奏这件事，而且能够以诚实之心，光明正大，泰然处之。宋真宗更加信任和依靠他了。

李沆秉性亮直，内行修谨。由于他器度宏远，能识大体，被时人称为"圣相"。

## 晏殊的诚实与正直

北宋时期对诚信思想的发展,除了在宰相李沆身上有很好的体现外,另一位宰相晏殊也是这一时期的典型。晏殊是北宋时期抚州临川文港乡人,素以诚实著称。

晏殊小时候就诚实、正直,并且聪明过人,7岁能作文。14岁时,被江南安抚使张知白当作"神童"

 论 语

推荐给宋真宗赵恒。1005年,晏殊来到京城,与来自全国各地的3100多名举人同时入殿参加考试。晏殊本可以直接由皇上面试,但他执意要参加科举会考。他认为只有会考所反映出的成绩,才算是自己的真实才学。

主考官同意了晏殊的要求,决定让他同其他举人一起会考。在考场上,晏殊非常地沉着冷静,卷子答得又快又好,受到了宋真宗的赞许,赏他"同进士出身"的称号。

第二天又复试,题目是《诗赋论》。晏殊看见题目,发现考题是自己曾经练习写过的。于是,他毫不犹豫地向主考官说明实情:"考官大人,这个题目我曾经练习写过,请另外出一个题目给我做吧!"

主考官不以为然,以为晏殊多事,就说:"做过的题目也不要紧,你写出来,如果做得好,也可录取。再说,另外换个题目,万一做不好,就要落第,你要三思而行。"

晏殊似乎已经深思熟虑了,他说:"不换题目,即使考中了,也不是我的真才实学;换了做不好,说

明我学问还不够,我不会有一句怨言的。"

考官听了,同意给晏殊另外再出一个题目。

晏殊拿到新题目以后,反复看了看,思考了一会儿,就拿起笔来一气呵成。考官惊呆了,觉得此人文思敏捷,真乃奇才。晏殊要求重新出题的诚实行为,而且真真实实地"考"出了自己的水平,受到人们的敬重,不仅在考生中传开,也传到了宋真宗那里。

宋真宗马上召见了晏殊,称赞说:"你不仅有真才实学,更重要的是,具有诚实不欺的好品质!"

晏殊遇上自己熟悉的考题,原本可以轻松答出,在3000多举人中一举成名,却请求另给题目,是晏殊傻吗?不,因为他诚实,更因为他相信自己的真才实学。宋真宗也正是因为如此,所以就特别喜欢他,并破格任用为翰林。

晏殊初出茅庐当职时,正值天下太平,京城的大小官员便经常到郊外游玩,或在城内的酒楼茶馆举行各种宴会。晏殊家贫,无钱出去吃喝玩乐,只好在家里和兄弟们读写文章。

有一天,宋真宗要为太子挑选老师,但不叫大臣

论 语

推荐,自己直接点名要晏殊担任。大臣们很惊讶。宋真宗说:"我听说晏殊常闭门读书不参加各种宴会,这是一个忠厚谨慎的人,放在太子身边最合适。"

晏殊拜见皇帝谢恩时解释说:"我不是不愿游玩,不愿参加宴会,因为我家贫穷办不到。我要是有钱,也是会去的。"宋真宗见晏殊如此肯讲实话,对他特别赞赏,更加信任他,眷宠日深。

晏殊以难能可贵的坦率诚实品格,在皇帝和群臣面前树立了信誉。宋仁宗赵祯登位后,晏殊得以大用,官至宰相。晏殊做了宰相,也没有矫揉造作,很得百姓拥戴。

晏殊虽多年身居要位,却平易近人。他唯贤是举,范仲淹、孔道辅、王安石等均出自其门下;韩琦、富弼、欧阳修等皆经他栽培、荐引,都得到重用。晏殊诚恳地对待每一位学子。

有一次,晏殊路过扬州,在城里走累了,就与随从进大明寺休息。晏殊进了庙里,看见墙上写了好些题诗。他挺感兴趣,就找把椅子坐下。然后,让随从给他念墙上的诗,可不许念出题诗人的名字和身份。

晏殊听了会儿，觉得有一首诗写得挺不错，就问："哪位写的？"随从说叫王琪。晏殊就叫人去找这个王琪。

王琪被找来了，拜见了晏殊。晏殊跟他一聊，挺谈得来，就高兴地请他吃饭。俩人吃完饭，一起到后花园去散步。这会儿正是晚春时候，满地都是落花。一阵小风吹过，花瓣一团团地随风飘舞，好看极了。

晏殊看了，猛地触动了自己的心事，不由得对王琪说："王先生，我每想出个好句子，就写在墙上，再琢磨下句。可有个句子，我想了好几年，也没琢磨出个好下句。"

王琪连忙问："请大人说说是个什么句子？"

晏殊就念了一句："无可奈何花落去。"

王琪听了，马上就说："您干吗不对'似曾相识燕归来？'"这句的意思是说，天气转暖，燕子从南方飞回来，这些燕子好像去年见过面。晏殊一听，拍手叫好，连声说："妙，妙，太妙了！"

晏殊对这两句非常喜欢，他写过一首词《浣溪沙》，里边就用上了这副联语：

论语

一曲新词酒一杯，去年天气旧亭台。

夕阳西下几时回，无可奈何花落去。

似曾相识燕归来，小园香径独徘徊。

晏殊对王琪很赞赏，回到京都后向宋仁宗推荐，得到宋仁宗认可，就调王琪入京城。王琪先任馆阁校勘，后又担任许多其他重要职务。晏殊在北宋文坛赫赫有名，这和他的诚实和才气有密切关系。

## 知者乐水，仁者乐山

樊迟问知，子曰："务民之义，敬鬼神而远之，可谓知矣。"问仁，曰："仁者先难而后获，可谓仁矣。"

子曰："知者乐水，仁者乐山①。知者动，仁者静。知者乐，仁者寿。"

子曰:"齐一变,至于鲁;鲁一变,至于道。"

子曰:"觚②不觚,觚哉!觚哉!"

**【注释】**

①知者乐水,仁者乐山:知同"智";乐,喜爱的意思。

②觚:古代盛酒的器具,上圆下方,有棱,容量约有二升。后来觚被改变了,所以孔子认为觚不像觚。

**【解释】**

樊迟问孔子怎样才算是智,孔子说:"专心致力于让百姓遵从'义'的要求,尊敬鬼神但要远离它,就可以说是智了。"樊迟又问怎样才是仁,孔子说:"仁人对难做的事,做在人前面,有收获的结果,他要在人后,这可以说是仁了。"

孔子说:"聪明人喜爱水,有仁德者喜爱山;聪明人活动,仁德者沉静。聪明人快乐,有仁德者长寿。"

论 语

孔子说:"齐国一改变,可以达到鲁国这个样子,鲁国一改变,就可以达到先王之道了。"孔子说:"觚不像觚了,这也算是觚吗?这也算是觚吗?"

【故事】

## 千古一相李斯

李斯年轻时曾在楚国做过郡掌管文书的小吏,后来离开楚国,到当时学术气氛最浓的齐国投拜荀子为师,学习"帝王之术"。由于他读书认真,钻研精神很强,学业优良,成绩突出,所以很得老师荀子的赏识。

李斯学成之后,先投在秦国吕不韦的门下做舍人,后来为秦王政所赏识,提拔他做长史。

李斯为秦王政出谋划策,建议秦王政派人持金玉珍宝出使各国,以便游说、收买、贿赂、离间六国的

君臣，达到各个击破，逐一吞并的目的。秦王政采纳并实施了李斯的策略，收到了很好的效果。

于是，秦王政重用李斯，提拔他为客卿。

正当李斯在仕途上一帆风顺，积极为秦消灭六国，统一天下，出谋献策，施展才华之际，六国中的一些有识之士也并不示弱，他们纷纷给自己的国王献计献策，或以武力对抗，或派出间谍到秦国，采取各种方法削弱秦的力量。

李斯中了反间计，秦王政就下了一道逐客令，准备撵走身边的一些谋士。李斯也在被逐之列。

李斯有抱负，有智慧，也敢作敢为。

他不怕犯颜获罪，直接给秦王政写了一封信，劝秦王政不要逐客，这就是著名的《谏逐客书》。

《谏逐客书》实际上是李斯贡献给秦王政的一份广招贤才强国，进而消灭六国统一天下的政见谋

略书。

秦王政是个有雄才大略的人,他看了李斯的《谏逐客书》后,明辨是非,果断地采纳了李斯的建议,立即取消了逐客令,再次重用李斯,提拔他为廷尉。

同时,秦王政招揽了一大批贤将良才。如史书上著名的王崎、茅焦、尉缭、王翦、王贲、李信、王离、蒙恬等都是来自别国的客卿,他们在秦统一天下的事业中发挥了重要的作用。

李斯为秦王政消灭六国、统一天下出谋献策,作出了很大贡献。秦朝统一天下后,秦王政做了始皇帝,称为秦始皇。李斯对统一后的秦帝国,如何巩固和加强中央集权统治,为秦始皇做了大量卓有成效的工作。

一是实行郡县制。

秦国统一六国后,李斯提出实行郡县制,由中央集权,加强统一,这样才能天下安宁。秦始皇于是发布诏令,把全国分为36个郡,郡下设县。

郡县制的确立,加强了统一的封建国家的中央集权,推进了历史的发展。

二是统一文字。

前221年，秦始皇接受李斯"书同文字"的建议，命令全国禁用各诸侯国留下的古文字，命李斯制作标准字样，即小篆。紧接着，为了推广新制的文字小篆，李斯亲做《仓颉篇》7章，每4字为句，作为学习课本，供人临摹。

不久，李斯又采用秦代创造的一种书体，打破了篆书曲屈回环的形体结构，形成了隶书这一新的书体。从此，隶书便作为秦代官方正式书体。

三是统一度量衡。

李斯把度制以寸、尺、丈引为单位，采用十进制计数；量制则以合、升、斗、桶为单位，也采用十进制计算；衡制则以铢、两、斤、钧、石为单位，24铢为1两，16两为1斤，30斤为1钧，4钧为1石固定下来。

为了有效地统一制式、划一器具，李斯又从制度上和法律上采取措施，以保证度量衡的精确实施。

四是修驰道、车同轨。

李斯以京师咸阳为中心，陆续修建了两条驰道，一条向东通到过去的燕、齐地区，一条向南，直达吴楚旧地。这种驰道路基坚固，宽50步，道旁每隔三丈种青松一棵。

后又修筑"直道"，由九原郡直达咸阳，全900千米。又在今云南、贵州地区修筑"五尺道"，以便利中原和西南地区的交通。在湖南、江西一带，修筑攀越五岭的"新道"，便利通向两个地区的交通。

就这样，一个以咸阳为中心的四通八达的交通网把全国各地联系在一起。同时，为与道路配套，李斯还规定车轨的统一宽度为6尺，以此保证车辆的畅行无阻。

五是统一货币。

在李斯的主持下，货币规定了以黄金为上币，以镒为单位，每镒重24两，以铜半两钱为下币，1万铜钱折合1镒黄金。并严令珠玉、龟、贝、银、锡之类作为装饰品和宝藏，不得当作货币流通。

同时，规定货币的铸造权归国家所有，私人不得铸币，违者定罪等。李斯此举被后人认为是经济史上的一个创举。"秦半两"因其造型设计合理，使用携带方便，一直使用至清朝末年。

至此，李斯在他辅佐秦始皇匡扶天下的过程当中，完成了他最后一个使命。

前208年7月，李斯因为在秦始皇驾崩后与宦官赵高合谋立少子胡亥为二世皇帝，后为赵高所忌，被腰斩于市。

纵观李斯在秦统一天下前后的作为，几乎每干一件大事都能产生影响千年的效果，并影响后代。我国几千年的历史当中，名相重臣比比皆是，但大多不过功在当朝，时过则境迁，相比之下，李斯可以说是建立了累世之功。

## 变法革新的商鞅

商鞅是卫国王室中人，他年轻时就喜欢钻研以法治国的学问，但因为是庶出身份，一直未得到重用。

后来，秦国的新君秦孝公即位后，宣布了一道命令：不论是秦国人或者外来的客人，谁要是能想办法使秦国富强起来的，就封他做大官。

论 语

秦孝公这样一号召,果然吸引了不少有才干的人。商鞅在卫国得不到重用,就到了秦国,并受到秦孝公的接见。

商鞅对秦孝公说:"一个国家要富强,必须注意农业,奖励将士。要打算把国家治好,必须有赏有罚。有赏有罚,朝廷有了威信,一切改革也就容易进行了。"

秦孝公完全同意商鞅的主张,就拜商鞅为左庶长。秦孝公还说:"从今天起,改革制度的事,就全由左庶长来决定。"

前356年,商鞅实行了第一次变法。这次变法包括以下内容:

一是颁布法律,制定连坐法。

商鞅把李悝制定的《法经》带到了秦国,加以公布实行。并把

"法"改为"律",增加了连坐法,从而把秦献公的时侯实行的什伍制变成相互监督纠发的连坐制。

二是奖励军功。

商鞅规定国家的爵位按将士在战场上斩获敌人首级的多少来计算。斩得敌人甲士首级一颗的,赏给爵一级。如升至第十级"五大夫"时,赏赐给300户人家的税地。爵位在五大夫以上,除享有600户人家的租税供他食用外,还有权收养宾客。

同时规定,没有军功不能获得爵位,即不能靠出身就获得爵位,享受特权。这就严重打击了旧贵族的势力。

三是发展农业生产。

商鞅规定:凡是一家有两个以上的成年男子,必须分家,各立户头,否则就要出加倍的赋税和劳役,以巩固和发展封建生产关系。把大家庭分割成小家庭,成为户头的成年男子就不能再在大家庭的掩护下,游手好闲。

另外,商鞅招徕地少人多的韩、赵、魏三国百姓来秦国垦荒,为此他制定优待"徕民"的政策。

论 语

四是建立郡县制。

由国君直接派官吏治理，以加强中央集权。商鞅的第一次变法，使秦国的农业生产增加了，军事力量也强大了。由于第一次变法的成功，商鞅由左庶长升为大良造。

前350年，商鞅实行了第二次改革。这次变法包括以下内容：

一是废井田，开阡陌。

秦国把这些宽阔的阡陌铲平，也种上庄稼，还把以前作为划分疆界用的土堆、荒地、树林、沟地等，也开垦起来。谁开垦荒地，就归谁所有。土地可以买卖。

二是建立县的组织。

把市镇和乡村合并起来，组织成县，由国家派官吏直接管理。这样，中央政权的权力更集中了。

三是迁都咸阳。

为了便于向东发展，把国都从原来的雍

城迁移到渭河北面的咸阳。

秦国通过商鞅的两次变法,变得越来越富强了。周天子打发使者送祭肉来给秦孝公,封他为方伯,中原的诸侯国也纷纷向秦国道贺。

商鞅不仅有突出的政治才干,还在军事上进行变法。实行军功爵制度,严肃军纪,实行什伍制度,废除了世卿世禄制,提高了军队战斗力。

商鞅变法对秦国产生了巨大的响应。通过变法,不仅培养了一支有战斗力的军队,为国家实力提供了保证,还用法律的形式从根本上确立了封建土地私有制,提高了人民的生产积极性。这些变法措施,对后来秦的统一和秦始皇的政策影响深远。

论 语

# 西门豹做邺县令治恶

魏文侯的时候，西门豹做邺县令。他了解到邺地的三老、豪绅常年向百姓征收赋税，一部分说为"河神"娶媳妇，剩下的再同庙祝、巫婆一同瓜分。而贫苦人家的女儿，被迫放到河中漂流沉没。

又到了为"河神"娶媳妇的那天，西门豹到河边见三老、官吏、豪绅、巫婆以及乡间的父老们都到了。

西门豹说："叫'河神'的媳妇过来，看看美不美。"巫婆们就将新娘从帐子里扶出。西门豹看了看说："这个女孩不美，烦劳大巫婆到河中报告'河神'，需要换一个漂亮的，后天送她来。"就让士兵抱起大巫婆投进河里。

过了一会儿，西门豹说："大巫婆怎么还不回来

呢？徒弟去催促她一下。"就这样总共投进河里三个徒弟。接着又把三老投进河里。

等了好长时间，西门豹说："巫婆、三老不回来，怎么办？"这时豪绅们都跪在地上磕头，把头都磕破了。西门豹说："起来吧。看情景'河神'留客太久了，你们都离开这里回家吧。"邺县的官吏，从此以后，不敢再说替河神娶媳妇了。

后来西门豹开凿渠道，浇灌农田，农田都得到灌溉，百姓因此富裕起来。所以西门豹做邺县令，名闻天下，恩德流传后世。

## 18 岁做《铜雀台赋》

曹植，字子建，生于东汉末年，是三国时代魏国诗人，在古代文学史上非常著名。天资聪颖，10 多岁能够写辞赋。

论 语

曹植天资聪颖，刚过 10 岁就已读了几十万字的诗赋文章，能够大段大段地背诵出来。再长大一些，就陆续写出了十几万字的辞赋，不但情真意切，而且词采华茂，受到当时文人学士的盛赞，认为这位早慧的小才子的文学才华已经超过了比他大 5 岁的哥哥曹丕（曹丕也是有名的文学家）。

他的父亲曹操，不但是政治家、军事家，也是著名诗人。听别人在他面前夸奖曹植，就命儿子把平日写的诗文拿几篇来看一看。

曹植立刻选了一些诗文送给父亲，曹操看后大为惊奇，觉得别人说儿子文思敏捷、出口成章以至许多赞美的话，都不是信口开河，更不是为了当面讨好他才说的场面话。

可是，儿子年龄还小，能写出这样好的诗文吗？曹操有些怀疑，把曹植叫来，问他这些诗文的作者到底是谁，是否确是自己所写。曹植坦然地说："儿子写诗作文，从来是抒自己所感，写个人所思。别人的思想感情，跟儿子有什么关系呢？儿子决不会把别人的诗文当作自己的，请父王放心！"

曹植见父亲还没有完全消除怀疑,便诚恳地说:"如果父王不信,不妨面度!"

曹操听罢,笑了一笑,不置可否。

后来,曹操命人建造的铜雀台落成了。这个铜雀台,是曹操用来作为文人聚会、饮酒赋诗的场所。曹操这时梆仅想趁机考一下曹植,而且想同时考考几个儿子的文才。在举行落成典礼那一天,他率领文武官员登台观赏,要儿子们也全部到场。

曹操对儿子们说:"今日铜雀台落成,你们每人各作一篇赋,庆贺一番如何?"

当几个兄弟还在苦苦思索时,曹植很快就写出一篇《铜雀台赋》呈给父亲,使兄弟们都自愧不如。曹操读了这篇新作,进一步证实曹植才思敏捷,从此就另眼看待了。

虽然,铜雀台面试是曹植 18 岁时的事,但如果他不是童年早慧,打下良好的基础,怎么能比过兄弟们呢?

 论　语

## 胡光墉经商先义后利

在清代，随着社会经济的进一步发展，商业活动越来越频繁，人们不再像以往一样单纯地轻"利"，甚至认为"义"也是"利"，而且是一种长远的、更大的利。这种宏阔视野下的清醒认识，在清代晚期著名徽商胡光墉身上体现得最为鲜明。

胡光墉，徽州绩溪人。因为他拥有一颗大义之心，做到了"先义后利"，所以在我国历史上被称为"一代商圣"。

胡光墉首先以国家大义为先，他认为，作为一个商人，如果只想着为自己赚几个

钱是成就不了大事业的。只有国家安定，商人才可能做生意。因此，他利用自己的财富帮助左宗棠为国家和民族做了很多好事。

胡光墉向左宗棠提出买洋枪洋炮的建议，左宗棠听后开始并不认同。但胡光墉确信，自己的建议是对国家有利的，是能够帮助左宗棠的；而且他认定左宗棠是一个为国家尽忠效力的大将，自己帮助左宗棠做事，就是在给国家效力。因此，胡光墉坚持了这个建议。左宗棠后来让胡光墉负责采运。

凭借办洋务的精明，胡光墉来往于这些洋行之间，精心选择，讨价还价，大批军火得以转运西北，仅1875年在兰州就存有从上海运来的来复枪"万数千枝"。这些洋枪洋炮，在左宗棠后来收复新疆的过程中，发挥了重要作用，"得力于枪炮者居多。"

左宗棠对于胡光墉在上海的采运给予了充分肯定。他在一份奏折中，竭力主张对胡光墉进行奖叙，要求破例给胡光墉赏穿黄马褂以示恩宠。清代朝廷经过一番议叙，批准了左宗棠的请求。

胡光墉还替左宗棠筹措军饷。在当时，清代朝廷

国库不宽裕,打仗要花很多钱,很多时候,都是胡光墉支援。胡光墉还替左宗棠买粮食,买马料,而且他很早就已经介入药业,但不是为了做生意,而是为了保证左宗棠效力国家。

在当时,胡光墉发现左宗棠的部队一出征,士兵就水土不服,发生疾病,于是主动跟左宗棠讲,自己要开个药厂,就叫"雪记",因为他的字叫雪岩,专做部队所需的药,而且是白送给部队,不要一分钱。

左宗棠很感动,但也很不明白,就问道:"这样一来,你不是亏了吗?"

胡光墉说:"亏就亏了,有亏才有赚,有赚才有亏。"

胡光墉不是说白话,而是说到做到。他不但长期给左宗棠的部队供应药品,而且还施给老百姓,因此,他的名声就很好。后来雪记药厂演变成为胡庆余堂,并使得胡光墉一生留名。

胡光墉最了不起的大义之举,就是帮助左宗棠平定了疆乱。当时在外国势力的操纵下,一个叫阿古柏的酋长起兵叛变,要把新疆独立出去,左宗棠力主出兵平定叛乱，收复新疆。

　　当时国库空虚，无力打仗，慈禧太后同意左宗棠出兵新疆，但军费要先自己解决。在这种情况下，胡光墉以自己的钱庄做担保，再次向外国银行贷了一笔巨款，全力帮助左宗棠，最后终于收复了新疆。

　　左宗棠由于胡光墉的帮助，成功收复新疆，再次上奏清代朝廷给胡光墉请功。清代朝廷封胡光墉布政使衔，从二品文官顶戴用珊瑚，赏穿黄马褂。人称"红顶商人"。

　　胡光墉通过帮助左宗棠来替国家做事，而在帮助左宗棠的同时，也发展了自己的事业。这就是说，他成功的关键是先想到义，然后才想到利。

　　胡光墉不仅以国家大义为先，也将诚信视为商人的必须坚守的义德。他经商讲究诚信，能够从朋友的角度出发，"上半夜想想自己，下半夜想想别人"，绝不做损人利己之事。

　　有一次，一个人神气活现地来到了胡光墉的当铺，对着伙计喊道："哎，叫你们老板出来，我有最好的东西要寄在你们这里，我这是商代的古董，可能

连你们老板都没见过。"

伙计拿过去一看，真的是很少见，看来看去就觉得真的是商代的古董，于是就问当多少钱。那人一口咬定300两，否则他就去别的当铺去当。伙计赶紧给了他300两银子。

那人临走还说："今天是因为急用，才当这么少，否则1000两我也不当！"

事后，伙计越想越不对，于是就请了很多人来看，人们看了都说是假的。这个伙计就向胡光墉报告自己的过错。

胡光墉说："没有关系，人总会出错，错就错了，没什么大不了。"他停顿了一会说，"这样吧，你给我开10桌，把我们这里的名流士绅，有钱人都请来吃饭，告诉他们我们有一个商代的很珍贵的古董要给他们欣赏。"

伙计忍不住问："我们上当了，还要别人上当吗？"意思就是我们被骗了，还要骗别人吗？要讲良心。

胡光墉板起脸来，说道："你跟我这么久，还不知道我的为人。"

伙计不敢再说，只好照办。

宴请的那天，大家都来了，兴致很高，边吃边等着看古董。只见一个职员小心翼翼地从二楼捧了一个古董下来，走到一半，失足摔了一跤，那个珍贵的古董当场就打破了。

所有的人都叹息："好可惜啊，这么珍贵的古董，为了给我们看，居然摔破了。"

胡光墉说："没有关系，这是我们不对，让大家没的可看，大家吃完好走，回去休息。"

这个消息很快就传了出去，传到了那个当东西的人耳朵里，他就拿了300两银子，找上门来说："我现在还你钱，你把东西给我。你要是拿不出，今天没有1000两，不要想能够了结。"

胡光墉二话不说，先让人验收了银子，然后吩咐人把那个古董拿了出来，交给了那人。那个人整个脸都变色了，一直说"怎么会这样！？"

胡光墉告诉他："我摔破的那个比你的还假。"

那个人马上灰溜溜地跑掉了。

还有一次，胡庆余堂的紧俏药"虎骨追风膏"断货了，于是，经理余修初就找到专管药材的邹文昌问清原因。

邹文昌说："'虎骨追风膏'的主要原材料是虎骨，而虎骨现在又断货，所以，我建议用豹骨代替虎骨。"

余修初一听，坚决反对，他说："这怎么行呢？你这不是想砸了胡庆余堂这块招牌吗？"

邹文昌说："做生意嘛，要懂得变通，我们用豹骨代替，先满足一下市场等虎骨一到，马上就换用虎骨。"接着，拿出胡庆余堂的信誉来威胁余修初说，"不然别人会把咱们胡庆余堂看扁的。"

见余修初的思想有一点儿动摇了，邹文昌趁热打铁道："豹骨的药效也差不到哪里去，一般人是看不出来的，只有你知我知，别人绝对不知道。"

听他这么一说，余修初也动摇了，于是邹文昌趁机生产出了假的"虎骨追风膏"。

胡光墉知道此事后，非常气愤，认为邹文昌伤害到了胡庆余堂的声誉，决定严肃处理。胡光墉把店里的所有人都叫到大厅，当众辞退了邹文昌。并当场写下了"戒欺"堂训，还在店里挂了一些条幅，诸如"药业关系性命，尤为万不可欺"、"采办务真，修制务精"等。因为"戒欺"的堂训，胡庆余堂的伙计以后再也不敢有一点点的欺骗行为了。

后来，胡光墉还将自己在胡庆余堂的办公室取名为"耕心草堂"。其用意十分明显：田要耕，地要耕，心田更要耕，只有常耕心田，邪念、欺骗这些杂草才不会滋生，才能做一个堂堂正正的商人。

经过多年的发展，胡庆余堂成为了名闻天下的老字号药店。民间一直有"北有同仁堂、南有胡庆余堂"之说，它与北京的百年老字号"同仁堂"南北交相辉映，深受广大顾客的信赖。胡光墉本人也因此赢得了"江南药王"的美誉。

时至今日，胡光墉所制订的这些经营规则，仍被胡庆余堂的后继经营者们认真遵守。而胡庆余堂"戒欺"的堂训，还被现今的国药界誉为药业座右铭。

胡光墉以义取利，重视长远之利，既体现了他对我国传统伦理原则的恪守，又反映出他对"义"、

"利"辩证关系的深刻领悟和具体把握,从而赢得了广阔的市场和弥久不衰的声名。

## 游福明以信义立天地

清代江西南昌县人游福明,同样是一个重义之人。他见富者不羡慕,只知安贫乐道,坚守信义规矩,最后获得了巨大成功。

游福明的父亲叫游昌,母亲吴氏,上无兄姊,下无弟妹。他们家境清苦,但是,一家三口从不怨天尤人。父亲在离家不远的李家庄给李员外做长工。游福明也很勤劳,上山捡拾树枝回家当作燃料,艰辛勉强可以平安度日。

清代道光年间,游福明10岁那年,母亲因染风寒,竟是一病难支。游福明立刻前往李家庄告知父亲,并向李员外借贷白银5两,回来后替母亲找大夫医治。

哪知全部银两花光，母亲未见起色，最后病入膏肓，离开了人世。

游昌见老伴病故，内心悲痛不已。为了安葬故人，父子两人决定再向李员外借贷。但是李员外顾忌他们无力偿还，就只取出 10 两纹银。

游福明见区区银两不足葬母，就"扑通"一声跪在地上，叩求李员外能大发慈悲，援手相助，并且说："我可到员外家为奴，补偿还债。"

李员外见游福明孝子诚心，最后答应借钱。父子两人带着银两，急忙赶回办理后事。

游福明跪在亡母陵墓前，焚香祭告："不孝儿游福明须要依约到李员外家为奴，所以不能在母陵前守孝，乞求母亲见谅，因有约在先，不能无信，当须履行，否则有愧于心，祈请母亲免虑。不孝儿日后一定常来看望母亲。"

游福明与父亲双双进入李家庄为奴，抵偿债务，对10多岁的游福明实在是一件苦差事。李员外见状，心中同情，就让游福明专事看管庭院中之花草树木。

游福明哪敢稍有怠慢，每天辛勤照顾花木，而且细心研究如何能将庭中的名花异草培植得欣欣向荣。上天不负苦心人，在游福明专心照料之下，果然不负李员外之托，庭中百花齐放，万草碧绿，好像是一世外桃源。

李员外对游福明大加赞赏，常和人说："游福明小小年纪竟能如此用心，把分内之工作做得井然有序，而且又很勤奋，将来必定能成为有用之才，也必定能出人头地。"

由于对游福明非常信任，李员外就将李家庄账房之事托付在游福明一个人的身上，同时，也升游昌为

李家庄的总管。

游福明此时已经16岁。李员外的信任,让他更加不敢怠慢,处理账目有条不紊,清清楚楚,绝不含糊,更不需李员外操心。有时受员外之命,到外收租,也从来不出差错,使得李家庄上下老少都对他刮目相看,也使得游福明因处事光明正大,身价抬高起来。

游福明接手账房事务不久,李员外身染重疾,卧病在床。虽延医诊治,服用名药,却难挽回性命,3月后撒手人寰,与世长辞。

李家庄料理后事,完全由李夫人承担。此后每个人职位未变,各负其责。游福明掌管财物,从不因员外不在而有半点差错,同时更加兢兢业业地处理账目,每日晚间必定将当日进出账目,一五一十地向李夫人报告。

李夫人因丧夫悲痛,不久也随着李员外离世。游福明视之同自己的母亲,重礼葬之,为李夫人守孝3年,以为报答之恩。

此后,游福明更加谨慎处理李家所遗留下来的

产业。

游家父子将李氏的产业处理得比李员外在世时更加的良好,将开支后的所有结余,以李家庄的名义一直在从事慈善活动,以至于当地的县民只知有李善人,而不晓替人行善的游家父子。

游福明心想,受人之恩,不报者无以为人。因此,他为李善人建立一座祠堂,供乡里民众膜拜。

游福明自从替李员外多行善德,更处心积虑地筹谋地方慈善公益,不遗余力。其父也与游福明合力兴善,延寿至93岁方离人世。

父亲去世时,游福明已经60多岁了。他心想:李员外遗大片产业,自己今已年迈,应该设法将它做一件长远而且有意义的事业,方不至于辜负李员外的恩德。

游福明决定建一座寺院。他即刻召集庄内所有人员,到李家祠堂共商大计。

游福明把心中的构想提出来共议:将李员外所有财产分成5份,用5年时间建造寺院,拟不留任何产业,全部投资寺院。寺院建成后,庄内所有人员可以自愿在此清修，直至终老。他将建寺的蓝图布置于堂上，然后一一加以说明。众人一听，交口称赞，一切商议妥当。

这年春天动工兴建，寺院共分三落，前庭约百坪地，寺院建地的约3顷，并定名该寺为"天赦寺"。

天赦寺5年后竣工，游福明择日安座神佛，举办七七四十九天之圆满法会，同时延请当地悟尘法师为住持，主持事务。

游福明了却了凡间的一切杂务，专心悟道。他清修30余年后，96岁那年去世。人们在天赦寺厢房，供立游昌、游福明父子二位的永久禄座。

儒家主张处世应该心存"仁、义、礼、智、信"大要。人无信不立。游福明为葬母，卖于李员外为奴，能坚守信诺，自始至终，永不背义，得世人效仿，也因坚信而流芳千古。

同时，父子能同守信义，实是难得。更何况李员外死后，父子更本初衷，不变其节，守诺到底，更为世人所效法。

论语

# 博学于文，约之以礼

宰我问曰："仁者虽告之曰井有仁①焉，其从之也？"子曰："何为其然也？君子可逝②也，不可陷③也；可欺也，不可罔也。"

子曰："君子博学于文，约④之以礼，亦可以弗畔⑤矣夫！"

子见南子⑥，子路不说。夫子矢⑦之曰："予所否⑧者，天厌之！天厌之！"

【注释】

①仁：指人，是"人"的借字。

②逝：往。这里指到井边去看并设法救之。

③陷：陷入。

④约：解释为约束。

⑤畔：同"叛"。

⑥南子：卫国灵公的夫人。

⑦矢：同"誓"，此处讲发誓。

⑧否：不对，不是，指做了不正当的事。

【解释】

宰我问道："对于有仁德的人，别人告诉他井里掉下去一位仁人啦，他会跟着下去吗？"孔子说："为什么要这样做呢？君子可以到井边去救，却不可以陷害他入井；君子可能被欺骗，但不可以被愚弄。"

孔子说："君子广泛地学习古代的文化典籍，又以礼来约束自己，也就可以不致于离经叛道了。"

孔子去见南子，子路不高兴。孔子发誓说："如果我做什么不正当的事，让上天谴责我吧！让上天谴责我吧！"

【故事】

## 济世救人贤相萧何

萧何（前257年~前193年），生于西汉泗水郡丰邑县中阳里，即后来的江苏省丰县。汉朝初年丞相，政治家。谥号"文终侯"。他采撷秦六法，重新制定律令制度，作为《九章律》。在法律思想上，主张无为，喜好黄老之术。

他辅助汉高祖刘邦建立了汉政权，其后又根据秦律制定了汉律，即《九章律》，为东汉政权的建立与巩固立下了不朽功勋。

与张良、韩信并称为"汉初三杰"，萧何位居其首。

萧何年轻时在秦时的沛县做县里的狱吏。他性格随和，很善于识人，结交了许多好朋友。尤其是和其中的秦泗水亭长刘邦，感情更不一般。

刘邦做沛县亭长的时候,为县里押送一批农民去骊山修陵,结果途中大部分人都逃走了。刘邦自己度量,即使到了骊山也会按罪被杀。于是就躲了起来,藏到荒凉的芒砀山的深山老林中。

前209年7月,陈胜、吴广在大泽乡举起反秦的大旗,各地豪杰云集响应。此时做狱吏的萧何与曹参、樊哙等人时常聚会,密切注视着局势的发展。萧何设法让樊哙去芒砀山找回刘邦,打算共同起义。

刘邦从樊哙这里得知萧何意图后,立即率众奔沛县而来。来到沛县城下,刘邦在帛上写了一封告沛县父老书,用箭射入城内。

沛县百姓看了刘邦的信,就聚集起来攻入县衙,杀了县令,打开城门迎接刘邦。在萧何等人的力举下,刘邦做了沛县的县令。于是,他们便在县衙大堂

论 语

举行了仪式，誓师起事，并按楚国旧制，称刘邦为"沛公"。

刘邦才深知萧何真心拥戴自己，内心十分感激。从此，萧何紧随刘邦南征北战立下了盖世的功勋。

前208年9月，项梁叔侄杀了会稽郡守殷通，举起义旗。不久，便召集了20余万兵马，并与刘邦所部会于薛城。

众将约定：项羽从北路向西攻秦，刘邦从南路西进向关中进发，两路人马在击败秦军后，谁先入秦都咸阳谁当关中王。

刘邦率军勇往直前，凭靠张良等人的谋划，避实就虚，剿抚并用，一路夺关斩将，直抵关中。萧何身为丞督，则坐镇地方，督办军队的后勤供应。

前206年10月，刘邦率大军兵临咸阳城。秦王子婴设计杀了奸相赵高，献出玉玺，向刘邦投降。于是，起义大军开进了咸阳城。

将士们见秦都宫殿巍峨，街市繁华，顿时忘乎所以，纷纷乘乱抢掠金银财物。

萧何进入咸阳后，一不贪恋金银财物，二不迷恋美女，而是急如星火地赶往秦丞相御史府，并派士兵迅速包围丞相御史府，不准任何人出入。然后，他让忠实可靠的人将秦朝有关国家户籍、地形、法令等图书档案一一进行清查，分门别类，登记造册，统统收藏起来，留待日后查用。

萧何做官多年，他知道，依据秦朝的典制，丞相辅佐天子，处理国家大事；御史大夫对外监督各郡御史，对内接受公卿奏事。除了军权外，丞相和御史大夫几乎总揽一切朝政。

萧何收藏的这些秦朝的律令图书档案，使刘邦对天下的关塞险要、户口多寡、强弱形势、风俗民情等了如指掌。

对萧何的做法，刘邦很是佩服，遂拜丞相萧何为相国，加封5000户，并派兵卒500人为萧何贴身侍卫。

刘邦率先攻入咸阳后不久，项羽也率军入关，并自封为西楚霸王，占有梁楚东部9个郡，建都彭城，即现在的江苏徐州。并背弃原来的约定，改立刘邦为汉王，辖治荒远偏僻的巴、蜀、汉中之地，建都

南郑。

为了阻止刘邦东进,项羽又把关中地区一分为三,分封给了3个秦朝降将。

刘邦看出了项羽的险恶用心,憋了一肚子气,有心与项羽决一死战,怎奈势单力薄,实难取胜。只好采纳萧何、张良等人的建议,隐忍入蜀,休兵养士,广招人才,待机再与项羽争个高低。

刘邦按张良的计谋,偃旗息鼓,人不解甲,马不停蹄,急匆匆地向巴蜀进发。一路上,许多来自其他诸侯王军中的兵士自愿投到刘邦的旗下。

韩信就是在这个时候从楚营中逃出,投奔刘邦的。韩信在楚汉战争中,率汉军渡陈仓,战荥阳,破魏平赵,收燕伐齐,连战连胜,在垓下设十面埋伏,一举将项羽全军歼灭,为刘邦平定了天下。

前206年8月,刘邦采纳张良、韩信所献的"明修栈道,暗度陈仓"之计,挥师东进,留下萧何负责征收巴蜀之税,供给军粮。

汉军将士人蜀后,思念家乡,东归之心甚切,一旦东归,个个如猛虎下山,奋勇争先,直杀得雍王章邯的兵马丢盔卸甲，落荒而逃。汉军一路势如破竹，不到一个月便占据了三秦之地。

刘邦令萧何坐镇关中，安抚百姓，同时负责兵员和粮饷的筹措与补给，自己则率大队人马浩浩荡荡地向彭城进发。

由于几经战事，这时的关中已是满目疮痍，残破不堪，秦都咸阳被项羽放火烧了3个月，已成一片瓦砾。萧何留守关中后，马上安抚百姓，恢复生产，全力收拾关中的残破局面。

萧何一方面重新建立已经散乱的统治秩序；另一方面对百姓施以恩惠，以定民心。他不仅颁布实施新法，重新建立汉的统治秩序和统治机构，修建宫廷、县城等。另外又开放了原来秦朝的皇家苑囿园地，让百姓耕种，赐给百姓爵位，减免租税等。

他还让百姓自行推举年龄在50岁以上、有德行、能做表率的人，任命他们为"三老"，每乡一人；再选各乡里的三老为县三老，辅佐县令，教化民众，同时免去他们的徭役，并在每年的年末赐给他们酒肉。

由于萧何办事精明，施政有方，颁布利民法令，

关中的农业生产迅速得到恢复，建立了稳固的后方，保障了前线的需要。

前203年，项羽由于连年战争，陷入了兵尽粮绝的困境。而此时，萧何坐镇关中，征发兵卒，运送粮草，供应汉军，补足汉军缺额。刘邦也因此得以重新振作，多次转危为安，并逐渐形成了兵强粮多的好形势。后来，刘邦越战越强，终于逼得项羽兵败垓下，自刎乌江。

消灭项羽、平定楚地后，诸侯联名上《劝进表》给刘邦，推举他为皇帝。刘邦论功行赏，最后定萧何为首功，封他的食邑也最多。

很多功臣因此愤愤不平，说他们都身经百战，而萧何只不过发发议论，做做文字工作而已，毫无战功，为什么他的食邑反而比我们多？

于是，刘邦问大臣们："你们知道猎狗吗？打猎的时候，追杀野兽的是猎狗，用来指示行踪，放狗追兽的是人。如今诸位只是能猎获野兽，相当于猎狗的功劳。至于萧何，他能放出猎狗，指示追逐目标，那相当于猎人的功劳。况且你们只是一个人追随我，多的也不过带两三个家里人，而萧何却是全族好几十人跟随我，这些功劳怎么能抹杀呢？"

大家都无言可答。

行赏分封诸侯后，定都的问题又迫在眉睫。经过商议，最后决定定都咸阳。于是，刘邦暂居栎阳，命丞相萧何营建咸阳。

前199年，咸阳皇宫——未央宫竣工，萧何请御驾从栎阳到了咸阳。至此，西汉建都长安，历时200余年，萧何成为该城的最早规划和设计者。

前195年4月，汉高祖刘邦病逝于长乐宫，享年62岁。同年，太子刘盈即位，这就是汉惠帝。萧何继任丞相。

不过这时，萧何年事已高。这期间，萧何参照秦法，摘取其中合乎当时社会情况的内容，制定了律法共9章。这是汉朝制作律令的开端。《汉律九章》删除了秦法的苛繁、严酷，使法令更为明简。

前193年，年迈的相国萧何，由于常年为汉室操劳，终于卧病不起。病危之际，再一次向汉惠帝献计献策，举荐曹参为相。曹参继任丞相后，遵照萧何制定好的法规治理国家,使西汉政治稳定、经济发展,人民生活日渐提高。

## 轻徭薄赋的霍光

霍光是西汉著名将领霍去病的同父异母之弟。前119年,霍去病以骠骑将军之职率兵出击匈奴,得胜还京时,将霍光带至京都长安,将其安置在了自己的帐下。

两年后,霍去病去世,霍光做了汉武帝的奉车都尉,享受光禄大夫待遇,负责保卫汉武帝的安全。

公元前87年春,汉武帝去世,临终前立刘弗陵为太子。霍光正式接受汉武帝的遗诏,被封为大司马大将军,成为汉昭帝刘弗陵的辅命大臣,与御史大夫等人共同辅佐朝政。从此,霍光掌握了汉朝政府的最高权力。

当年汉武帝时实施的盐铁官营、酒榷均输等经济政策,是在反击匈奴、财政空虚的情况下实行的。但这一政策的实行,使一部分财富集中于大官僚、大地主及大商人手中,使得中小地主和一般百姓的生活日趋贫困。

为了减轻徭役,减少赋税,霍光在汉昭帝即位之初,就围绕是否改变盐铁官营、酒榷均输等经济政策,展开了不懈的工作。

公元前86年12月,霍光派遣当时的廷尉王平等5人出行郡国,察举贤良,访问民间疾苦、冤案难以及失去职业的人,为召开盐铁会议做准备。

公元前81年2月,霍光将郡国所举的贤良人等接入京城,正式召开盐铁会议。会议围绕坚持还是罢废盐铁官营、酒榷均输问题展开的辩论,涉及各个方面,包括对待匈奴、国内的治理等重大问题,实际上

是对汉武帝时期政治、经济的总评价，也是汉昭帝实施新的政策前的一次大讨论。

经过这场讨论，由汉昭帝下令，在这年的7月，废除了盐铁官营、酒榷均输等政策。这就从根本上抑制了大地主、大商人的利益，在一定程度上缓和了社会矛盾，调整了阶级关系，从而使汉朝的经济走上了恢复发展的道路。

霍光实施的新政，极大地减轻了人民的负担，调动了生产积极性，为汉朝的巩固，为社会的安定和发展奠定了基础。后来汉昭帝去世时，汉朝的政局曾一度发生混乱，但由于它的政治基础比较稳固，政局在短暂的混乱之后很快就平静下来。

汉昭帝21岁时得病去世，他没有子嗣。霍光听了别人的意见，把汉武帝的一个孙子、昌邑王刘贺立为皇帝。

刘贺原是个浪荡子，跟随他的200多个亲信，天天陪着他吃喝玩乐，即位才27天，就做了很多不该做的事，把皇宫闹得乌烟瘴气。

霍光和大臣们一商量，联名上书，请皇太后下诏，把刘贺废了，另立汉武帝的曾孙刘询，就是汉宣帝。事实证明，霍光选择了汉宣帝，才使得汉朝保持了兴旺的局面。

汉宣帝即位后，霍光继续辅佐朝政。他更加注意自身的政治修养，注意以儒学经术约束自己。他的一举一动，都有一定规矩，都要合于礼法。

他重视贤良的作用，从思想意识上来说，也是受到了儒家思想的影响的。

前68年，霍光去世了。汉宣帝及皇太后亲自到霍光的灵前祭奠。大夫任宣与侍御史等人奉命来为霍光护丧。朝中凡是俸禄在2000石以上的官员，也都奉命到霍光家中去祭拜。

朝廷又赐给霍光大批的金钱、锦缎、葬器，其中还包括规格甚高的玉衣、梓宫、便房和"黄肠题凑"等。汉宣帝以极为奢华的方式安葬了霍光，并追谥他为宣成侯。后来，又将他列入"麒麟阁十一功臣"，排名第一。

 论语

## 宋代理学之祖周敦颐

儒学在汉代被确立为正统地位后,经历了魏、晋、南北朝时期和隋、唐代的演变。在这个过程中,由于玄学的兴起、佛教的输入、道教的勃兴及波斯、希腊文化的掺入,儒学正统地位受到严重挑战。

北宋时期结束分裂割据,重建一统。这时的儒学以儒家纲常伦理为核心内容,以精巧的哲学学说为理论基础,吸取佛老思想营养,建立起了理学唯心主

义。而北宋时期理学开山鼻祖,就是当时的著名哲学家周敦颐。

周敦颐从小喜爱读书,在家乡道州营道地方颇有名气,人们都说他"志趣高远,博学力行,有古人

之风"。

周敦颐少年时,和母亲一同到京城,投奔舅父郑向,舅父是当时宋仁宗朝中的龙图阁大学士。这位舅父对周敦颐母子十分眷顾。当周敦颐24岁时,舅父向皇帝保奏,为他谋到一个职位,做了分宁县的主簿。

周敦颐到任后,发现有一件案子拖了好久不能判决,只审讯一次就立即弄清楚了。县里的人吃惊地说:"周公断案,连老狱吏也比不上啊!"

周敦颐以明察秋毫、坚持原则、不媚权贵、明断狱案而闻名朝野,初出仕途就显示了他的才能。

1044年,周敦颐调任南安军司理参军。第二年,南安有个囚犯,根据法律不应当判处死刑,而当时的转运使王逵却决定严加处理。众官虽觉不当,但他们慑于王逵的权势,不敢出面争辩。

这时,周敦颐站了出来,坚持应当依律决狱。王逵不听,周敦颐愤怒地扔下手中记事的笏板,准备弃官以示抗争,并且气愤地说:"难道可以这样做官吗?用杀不该处死的人的办法取悦上级的事情,不是我该

做的。"

在周敦颐的据理力争下,王逵终于省悟,放弃了原来的意图,囚犯才幸免于死刑。

周敦颐调任南昌知县的时候,南昌人都说:"这就是那个能弄清分宁县那件疑案的人,我们有机会申诉了,他可是当代大清官啊!"

那些富豪大族,狡黠的衙门小吏和恶少都惶恐不安,不仅担忧被县令判为有罪,而且又以玷污清廉的政治为耻辱。

在南昌期间,有一次,周敦颐得了一场大病。他的朋友潘兴嗣去探望他,一进门便吃了一惊。原来周敦颐的家中空空如洗,日常生活用品全都盛在一个已经破旧得不像样的柜子里,所有的钱财加起来不足百。

潘兴嗣知道,周敦颐任知县已经几年,俸禄并不低,但他领到俸禄后,总是或以济贫,或分送同宗族的亲戚,或用来招待客人和朋友,只要别人向周敦颐说一声自己有什么困难,他总是会毫不犹豫地慷慨解囊,所以才会现在自己生病了,而自己连看病的钱都拿不出来的窘况。

这时,周敦颐的妻子哭着对潘兴嗣说:"钱财散尽之后,全家便总是以粥度日,生活过得清贫而寒酸。"

后来,周敦颐的朋友们想出钱为他新建一所住宅。周敦颐知道后连忙婉言拒绝:"我节衣缩食,是为了给黎民百姓做表率,以防奢华浪费之风盛行。如果我们为官的都讲究穿漂亮衣服,骑良马,追求奢靡享乐。老百姓也就会仿效,其结果会导致品行不端,社会风气败坏。到那时再纠正就难了,所以我不能接受你们的恩惠。"

朋友听后都点头称是。

周敦颐自己虽然生活过得十分清淡,可他自己则自得其乐,性情旷达,从来不把清苦放在心上。周敦颐在一首写给家乡族人的诗中表达出这种奉公行为、廉洁爱民的动机:

老子生来骨性寒,宦情不改旧儒酸。
停杯厌饮香醪味,举箸常餐淡菜盘。

事冗不知筋力倦，官清赢得梦魂安。

故人欲问吾何况，为道舂陵只一般。

他在这首诗中所表现出来的一心为公，不图私利，爱护他人的精神，深得时人赞许，在后代学者中，也留下了深刻的印象。

周敦颐严格要求自己，同时对自己的下属也是严格要求，监督着他们的一言一行。有一次，周敦颐的一名手下把领到的俸禄米，拿到自己家里。这名手下的妻子顺手把米斗量了一下，发现多出了3石，手下和妻子都不做声。

后来，这事恰好被周敦颐听见了，于是问了自己的手下。手下红着脸说："以前惯例给自己量米时，是不把冒尖的部分去平的，所以自然多了些。"

周敦颐又问："那么照理多出来的米应该付多少钱呢？"

他的手下说："这是不用给钱的。"

周敦颐听了以后，非常生气，硬是要手下把前几次多拿的米钱一并拿了出来。随后，周敦颐将管米的仓官问罪，并要求依规定办理。后来，当地其他官员知道周敦颐严办手下这件事后，都感到非常惭愧。

周敦颐担任合州通判的时候，狱门里大大小小的事情，不经他的审定，下面的人都不敢做决定，即使交下去办，老百姓也不愿意。

在当时，周敦颐的上司赵抃被一些毁谤周敦颐的话所迷惑，对周敦颐的态度很严厉，但周敦颐却处之泰然。

周敦颐当了虔州通判时，赵抃做虔州知州。赵抃仔细观察了周敦颐的所作所为，才恍然大悟，握着他的手说："我差点失去你这样的人才，从今以后算是了解你了。"

后来由于赵抃的推荐，周敦颐做了广东转运判官，提点刑狱。周敦颐以昭雪蒙冤、泽及万民为己任。巡视所管辖的地区不怕劳苦，即使是有瘴气和险峻遥远之地，也不慌不忙地视察。

周敦颐做官为民，注重个人修养，对此，北宋时期政治家、著名学者黄庭坚评价周敦颐道：

论 语

人品很高,胸怀洒脱,像雨后日出时的风,万里晴空中的月,不贪图获取名声而锐意实现理想,淡于追求福禄而重视得到民心,自奉微薄而让孤寡获得安乐,不善于迎合世俗而重视与古人为友!

1056年,皇帝御笔钦点,任命周敦颐为合州通判。

有一次,他从合州乘舟而上,前往南部拜访推官蒲宗孟。在途中,周敦颐对慕名而来的求学者谈到莲花,他说:"我最爱莲花,你看它处于淤泥而不被污染,濯于清涟而不显妖媚。莲花端庄正直,清高不凡,具有君子风范,生活在世俗而不为世俗所污。"

说到周敦颐爱莲,不由让人记起千古名篇《爱莲说》里优美的词句来:

予独爱莲之出淤泥而不染,濯清涟而不妖,中通外直,不蔓不枝,香远益清,亭亭净植……

《爱莲说》可贵之处与核心价值，是通过对"独爱"之莲的深情赞美，塑造了一位寄予了作者价值目标与人格理想、包含着儒释道丰厚意蕴、体现着民族传统美德与浩然正气的"君子"形象。

　　儒家视野中之"君子"，乃品德高尚者之谓也。它是人们对理想人格的化身，是圣贤的同义语。其核心要素是"内圣外王"或"修齐治平"。

　　所谓"内圣"，就是通过克己修身而实现人格的完善，达到包括仁、义、礼、智、信、廉等品德要素在内的圣贤境界。在周敦颐看来，这种圣贤境界还包括正心诚意，在精神层面上能够寻求到超越于人生物欲之上与生活境遇之外的"孔颜之乐"。

　　所谓"外王"，就是积极入世、关怀社会、心忧天下，为社会和谐、国家富强、天下安泰而建功立业的价值取向和积极向上的人生态度。周敦颐《爱莲说》对菊、莲、牡丹的定位，反映出他的审美价值取向，使人可以强烈地感受到"君子"优秀品德元素中的丰富信息。

　　这些美德虽然从理论源流上出自儒家，但它体现

了中华民族的共性,因而具有普遍的和永恒的价值。佛家视野中理想人格的核心要素是慈悲为怀和纯净不染。莲性是佛旨的象征。毫无疑问,《爱莲说》的创意和佛学有着内在的密不可分的联系。

"出淤泥而不染"之句,是佛家所阐发的莲的象征意义与周敦颐毕生"以名节相砥砺",清白做人、廉洁为官的高尚人品天然契合的产物,这是周敦颐对莲花情有独钟的真正原因。

与"出淤泥而不染"相呼应的是"濯清涟而不妖",它进一步延伸和强化了莲花的优秀品质。无论环境好与坏,无论是顺境还是逆境,都应当保持做人的纯洁和正直。

周敦颐在从政期间,尽心竭力,深得民心。在生活中,也不忘加强个人修养,加上早年大量广泛的阅读,接触到许多不同种类的思想。后来,终于写出了他的重要著作《太极图说》和《通书》等,提出了理学体系,成为一代开山祖师。

周敦颐将治国者的修养目标划分为几个不同层次,即"士希贤"、"贤希圣"和"圣希天"。

士希贤，即士的修养以贤为榜样。士，可以是任事之称，也可以是修立之名，可以是封建社会最底层的特称，也可以是读书人的泛指。周敦颐明确规定士以贤为修养目标，因此他所说的士是指学习道艺的士。

　　那什么是贤呢？贤是指修养成就已经很高的人。周敦颐列举了3类贤者：一类是以伊尹为代表的任事型贤人；一类是以颜渊为代表的洁身型贤人；一类是以子路为代表的改过型贤人。

　　伊尹是商代初期大臣。他帮助攻灭夏桀，建立起商王朝。伊尹一生对我国古代的政治、军事、文化、教育等多方面都做出过卓越贡献，是杰出的思想家、政治家、军事家，是我国历史上第一个贤能相国、帝王之师。

　　周敦颐将伊尹作为任事型贤人的代表，并提出"志伊尹之所志"，就是要弘扬伊尹的精神，能够以天下国家为己任，敢于上以匡君，下以救民。

　　颜渊是孔子称赞的最有修养、最能吃苦、最善于学习的弟子，他终生贫困，但毫不在意，以读书学习为乐。由于颜渊的突出表现，他位居孔子弟子七十二贤人之首，后世称为"亚圣"。

周敦颐将颜渊推为洁身型贤人,并提出"学颜子之所学",就是提倡对"圣人之道"要有坚定的信念,在各种环境与场合中,自觉坚持仁义忠信的原则。即使在箪食瓢饮、身居陋巷的极端贫困中,也能不改其乐,做到"心泰而无不足"。

子路是一个有修养、有缺点而又为孔子所器重的著名弟子。孔子对子路的开导也最多、最具体、最切中要害。他是孔门七十二贤人之一。周敦颐推崇子路这样的贤人,主要在于他能够闻过,喜人规过,勇于改过,是一位能闻过、改过的贤人。

周敦颐将伊尹、颜渊、子路作为士的修养目标,这是很有见地的。他认为,任事型贤人勇于担当起改造社会的责任,洁身型贤人能够不断提高自己的修养水平。而改过型贤人则更具普遍意义。在复杂的社会政治生活中,每个人不可能无过,不可能没有这样那样的弱点、缺点甚至错误。有过能改,知错能改,善莫大焉。

周敦颐提出的任事、洁身、改过3种类型,实际上是一种完整人格的3个方面。周敦颐认为,无论哪种类型的"士",只要潜心修养,都可以成为贤人,甚至成为圣人。即使不能成为贤人和圣人,也对提高自己的道德水平有所裨益。

贤希圣,即贤人的修养以圣人为目标。周敦颐说的圣人必须具备3个条件,即诚、神、几。那么,何谓诚、神、几?

"诚"是修养的最高境界。"诚"在周敦颐的理论体系中是一个至关重要的范畴。周敦颐认为,人的心境在平时保持一种与宇宙本体相一致的静虚状态,什么也不思索,什么也不存在。这样才能不被外物干扰,才能不存私念,才能保持心态的高度平衡。这种心态就"诚"。而要成为圣人,就必须做到"寂然不动"。

"神"是周敦颐对人的思想反应异常敏锐的描写。周敦颐说"感而遂通"为神,极言反应迅速。而要做到这一点,就必须在平时能够"寂然不动"。这样,一事当前,才能立即感知它,立即了解它,从而迅速做出反应。

"几"是人的深层次思维活动,是决定人的行为。周敦颐主张从对具体事物的态度上分善恶,认为任何

人表现的善恶,都有一个最初心理活动的过程,一个思想酝酿的过程。这个过程就是区分善恶的"几",能正确把握自己思想活动过程的这个"闪念"之间。

周敦颐所说的"诚、神、几为圣人",就是说一个人要由贤到圣,就必须在诚、神、几3个方面狠下工夫。

圣希天,是道德修养最高目标。圣人不是天生的而是由不断修养而成的。修养是一个不断完善自我的永无止境的过程。即使已经成为圣人,仍然需要进一步修养。与天地合其德,就是与天地同德。

对于治国理政之道,周敦颐提出了"政事法天"、"纯心用贤"、"端本善则"、"礼先乐后"、"天下在于势"等思想。周敦颐以自己的实际行动,成就了一代大儒的风范。他的人品和思想,千百年来一直为人们敬仰。